前度的羅生門

愛をくれないなら、殺す

If you don't love me, I'll kill you.

孤泣著

目錄 contents

序章 I

序章 I

「**羅生門**」。

起源於日本傳說中的一道門，即「京城門」。

由黑澤明執導的《羅生門》，改編自芥川龍之介的短篇小說《竹林中》。直至今天，這套電影依然是不滅的經典。

正因這套經典電影，「羅生門」的意思已經不再只是一道門。

「羅生門」意指，每個人都有自己的說法，最後，不知道真相與答案如何。

每個人都會就自己有利的方向、自身的利益，說出屬於自己的故事，這是一種「人性」。因為要令人相信自己的故事，所以在自己的表述中，就會出現虛假與謊言。

在愛情世界中，充滿了「羅生門」。

在「前度」的過去中，充滿了……羅生門。

我們都會從不同的朋友口中，聽說過前度的「罪行」，但我們從來也沒聽過朋友會說自己其實同樣有問題，沒有人會覺得「可憐之人必有可恨之處」。

男方的朋友，只會聽到前度女方是賤人；女方的朋友，只會聽到前度男方是人渣，根本沒有「真理」。

就好像一個人會承認自己「笨」，卻不會說自己是「懶」；又好像一個人很少會說自己的缺點，就算說，也會經過多重包裝後才會說出來。

要讓別人覺得你更像受害者，你會細數前度最惡劣的性格；要別人覺得你也不算太壞，你會說是前度的所作所為，才會讓你變成人渣。

「羅生門」，一直也存在於愛情世界。

又有誰來決定愛情的對錯？

或者，就只有曾經深愛著對方的兩位「前度」，各執一詞去決定。

最後，變成了⋯⋯

「前度的羅生門」。

⋯⋯

⋯

．

你跟前度分手後，有沒有收過他發給你的訊息？

「我很想妳，妳還好嗎？」

「我喝醉了，很想找妳。」
「我還愛妳。」
無數的藕斷絲連、無數的我還愛妳，出現在手機螢光幕上，然後，妳會如何回覆這個名為「前度」的男人？
無論回覆什麼也好，其實，他的意思是……
「我很想妳，我可以上妳嗎？」
「我喝醉了，我想找妳做愛。」
「我還愛妳的身體。」
一個妳曾經最清楚的男人，其實也很清楚妳，之後會有什麼故事發展，就視乎妳的回覆了。是已讀不回，還是寂寞難耐，重燃愛火，不，是重燃慾火，都取決於妳的回覆。
而那個「喝醉」的男人，正等待著獵物送入口的一刻。
妳曾經也成為過「獵物」？
還是你也是一位「獵人」？
……
……

柯士甸道西，一所高尚住宅內。

她正在看著手機的訊息，瞳孔放大。

「怎樣了？這麼晚誰找妳？」睡在她身邊的男人睡眼惺忪地問。

「沒……沒有，只是小玲。」她說：「她家出了點事，我要過去幫她處理。」

他看著茶几上的鬧鐘：「凌晨三時了，妳要去她的家？」

「對，沒問題的，小玲就是個要人照顧的女生吧，你也知道的。」她吻在他的額角上。

「要我駕車送妳去嗎？」他問。

「我自己Call車去就可以了，你明天要開會，繼續睡吧，我可能會在她家過夜。」

「好吧，有什麼就打電話給我。」他的眼睛已經再次合上：「代我向小玲問個好……」

還未等她回答，他已經再次走入了夢鄉。

她起來走進洗手間，看著鏡中的自己。

「譚金花，這是最後一次了，知道嗎？」她向著鏡中的自己說話。

她要去哪裡？是誰在凌晨三時發訊息給她？真的是她所說的小玲？

看來，並非如此。

她走進浴室洗澡，然後化了一個淡淡的妝，換上一件性感的吊帶背心連身裙，還有那個他送給她的名牌手袋。

在連身鏡前的她，非常漂亮。

這一身的打扮，真的是去見自己的好閨蜜？

她離開了高尚住宅單位，走進升降機，升降機內充滿了由她身上散發的鼠尾草和海鹽香水氣味。

來到了大廈的大堂，保安員看著性感的她，眼睛也睜大了：「譚小姐，這麼夜出門嗎？」

也許，在保安員的腦海中，已經幻想過很多次跟她做愛的畫面。

她沒有回答，只是跟他微笑點頭。

這一個笑容，又可以成為保安員今晚回家後，性幻想的甜品。

譚金花走出了大廈，就在不遠處的停車位，一輛全白的 Audi R8 轎跑車等待著她。

女人不會明白，凌駕一台幾百萬的跑車在公路飛馳那一份快感，而男人卻非常明白，就如把一個很多男人喜歡、社交帳號放滿性感相的「女神」，壓在自己胯下的快感。

別人得不到，而自己擁有的「快感」。

沒錯，當女生要走上「南瓜車」，總需要付出代價，比如……自己的身體。

車門打開，沒看到駕駛的人是誰，不過，很明顯「他」不是小玲。

譚金花走上了他的車，向著他們的目的地出發。

……

…

．

第二天早上。

九肚山一所洋房對出的露天停車場。

一輛全白的轎跑車突然起火。

一輛全白的 Audi R8 起火。

火勢愈燒愈猛，直至……出現了爆炸的巨響！

價值三百多萬的名車，變成一堆沒用的廢鐵。

同時，那個駕駛名車的司機，被炸到支離破碎，他那個被燒焦的頭顱飛到馬路之上，面容已經被燒到分不清是誰。

面容腐爛，其中一個眼球已經掉了，只餘下一個連同血絲的深黑洞，而另一個眼球，卻緊緊盯著……一個人。

一個看著汽車爆炸的人。

然後，「她」打出一個電話，是打電話報警？

才不是。

電話接通後，她只說了一句說話。

……

‥

．

「Excuse Me，天使已死。」

……

‥

．

孤泣懸疑愛情系列《前度的羅生門》……正式開始。

誰才是你最愛的前度？

誰才是你最恨的前度？

誰才是……真正說謊的人？

三個女生、三個前度、三段錯綜複雜、撲朔迷離的愛情故事。

一切，從深愛開始。

《當你喜歡到極致，人渣都會當天使。》

第一章——前度們

EXS

第一章——前度們EX's〈1〉

荃灣南豐紗廠。

本來的紗廠，已改建為一個文青打卡的地方，而且聖誕的關係，紗廠的佈置都添上了聖誕的氣氛。

三個女生相約在紗廠內其中一間咖啡店見面，咖啡店播放著柔和的聖誕歌。

「三位的飲品已到。」咖啡店的男店員把飲品放下：「另外，曲奇餅是我們老闆送給妳們的，希望未來日子妳們可以多點來光顧本店。」

「謝謝。」其中一位最年輕的女生說。

她看著櫃台前的中年男人，他給她們一個歡迎的手勢。

年輕貌美的女生，總會有不少的「好處」，更何況是三位漂亮的女生？誰不想認識她們？

「女為悅己者容」，古代的女生，都會為深愛的人而打扮，不過，現在的女生，不僅是女為悅己者容，更是為了讓自己快樂，讓自己更有吸引力而打扮。

她們想吸引「狗公」？

或者，有小部分人是這樣的。不過，大多的女生都是想讓自己更有自信。穿得性感就是惹人犯罪？無知的人才會這樣想，她們的內心只不過是想得到稱讚，又有誰不想聽到一句：「妳今天很美。」

世界的規則，已經不再是女生用美貌去取悅別人，而是用美貌去取悅自己。

三位女生相約於此，不過，她們都表現得很生疏，她們不是朋友嗎？為什麼像不認識一樣？

她們的確是不認識的，只是在大家的 IG(instagram) 看過對方的相片，根本就不算是朋友。

那她們為什麼會約出來見面？

「好吧，是我約妳們出來的，由我來先說吧。」一個看似二十四五歲的女生說。

她叫高斗泫，高挑的身材婀娜多姿，露出了鎖骨非常性感。她雖然只有二十五歲，卻散發著一種成熟的氣質。

「我先來簡單的介紹，我是高斗泫，就是在 IG 找上妳們的人。」高斗泫看著她們：「她是孫希善，還有這位是姜幼真。」

「妳們好。」剛才跟男店員說謝謝的姜幼真說。

姜幼真二十二歲，跟高斗泫相反，外表像一個十八歲的少女。她樣子楚楚可憐、明眸皓齒，讓人有一種想吃一口的感覺。

「其實我知道妳們是誰，我有留意妳們的社交平台。」孫希善喝了一口水果茶。

聽到這句說話後，高斗泫與姜幼真有點驚訝，不過，她們很快收起了驚訝的表情。的確，我們都習慣了在不同的社交平台，窺探別人的生活。

孫希善二十三歲，染了一個韓系粉色的髮色，讓她的肌膚看起來更雪白，她那雙瞳剪水的大眼睛，就像會跟人說話一樣，明艷動人。

「妳們要這麼驚訝嗎？難道妳不知道我的存在？」孫希善反問。

「我也有看妳們的 IG。」姜幼真帶點害羞地說。

「就是了。」孫希善露出滿意的表情。

「好吧，其實我們都知道大家的存在就是了。」高斗泫說：「不過也很正常，因為『他們三個』是最好的朋友，所以我們都知道大家的存在。」

「問題是，他們三個從來也沒帶我們出來跟大家認識。」孫希善說出了重點：「就算最後我跟他分手了，也從來沒有真正見過妳們。」

「的確，他們也很少提起妳們。」姜幼真和應。

「這不就很奇怪嗎？」高斗泫認真地說：「我從來沒有一個男朋友，不會介紹自己最好的朋友給女朋友認識。」

她們三人互望著對方。

她們的對話究竟是什麼意思？她們有什麼關係？

高斗泫、孫希善、姜幼真，分別是……**三個男生的前度女朋友**。

三個最好朋友，甚至是生死之交；而她們三人就是這三個男人的「前度」。

請問，你會介紹自己的女友給最好的朋友認識嗎？

我想大部分人也會這樣做，不過，他們三個男生卻從來沒有。

究竟是什麼原因？

還是隱藏著什麼秘密？

《他說妳是他的天使，卻不讓妳走入他的生活圈子。》

葛角國、吳方正、韓志始。

他們三個是從小玩大的好友，不過，他們從來也沒有讓自己的女朋友跟朋友的女友見面，任何聚會也沒有。

「我已經記下一些讓我懷疑的事。」高斗泫拿出一本筆記：「我想知道，妳們有沒有跟另外兩個男生見過面？」

「沒有。」姜幼真說：「我甚至不知道韓志始有兩個最好的朋友，直至你 IG 找我才知道。」

韓志始是姜幼真的前男友，他不常在社交平台發文，不過，曾在 IG 發過跟姜幼真的合照，所以高斗泫找到她。

「我也有問過吳方正，為什麼不帶我見見他的朋友。」孫希善看著杯中的冰塊：「每次他也說遲一些，最後分手了也沒見過他的朋友。」

吳方正是孫希善前男友，他們因為送外賣而認識，然後成為情侶。

「葛角國也從來沒有提起過他的朋友，甚至妳們都沒有，這是我覺得可疑的地方。」高斗泫把手機放在桌上：「這是他最後 POST 的相片，而且是三個男生當中，最後一次發文。」

相片中是三個男生打籃球的合照，寫著「My Best Friend」。葛角國是高斗泫前男友，應該是三個男生中年齡最大的，就像是隊長一樣的感覺。

「發文日子是大約三個月前。」孫希善看著日子說：「不就是……」

「沒錯，就是他們跟我們分手的那個月份。」高斗泫凝重地說：「之後，他們三個男生就……失蹤了。」

她們再次互望。

「我們三個都是跟他們在同一星期分手的。」高斗泫說：「而且分手之後他們都失蹤了，這真的是巧合？」

「太奇怪了！」比較開朗孫希善說：「我還以為那個吳方正是因為跟我玩厭了才分手，看來不是這麼簡單！」

高斗泫已經在 IG 的 Direct 訊息中問過她們兩人，知道她們跟自己一樣，都是在同一星期跟男友分手的。

高斗泫把筆記簿中列出的問題遞給她們看。

一、從來也沒介紹過朋友或朋友的女友給互相認識；

二、三個男生都是在同一星期跟三個女生分手，就在三個月前；

三、他們再沒有更新 IG，甚至沒法聯絡，三個男生就像人間蒸發一樣。

「其實……他們會不會出了什麼意外？」姜幼真說：「聽說有香港人去緬甸、柬埔寨工作，然後被禁錮起來了。」

「你還在擔心那個撇下妳的男生？」孫希善問：「他們根本就有問題！」

姜幼真沒有回答她，表情帶點痛苦。

「我找妳們出來見面，就是想弄清楚究竟發生了什麼事。」高斗泫說：「我想知道你們是如何認識？怎樣一起？跟他們做過什麼事？還有，他們用什麼藉口分手？」

「等等。」孫希善叫停了她：「老實說，除了在 IG 相片見過妳，其實我也是第一次見妳，為什麼我要告訴妳我跟吳方正的事？」

「我也想知道妳找我們的原因……」姜幼真說：「為什麼妳要找我們出來，其實已經過了三個月，我不想再回憶過去……」

「因為那個人渣葛角國，騙了我八十萬。」高斗泫帶點生氣地說。

孫希善與姜幼真一起看著她。

「不過，這個不是重點。」高斗泫說：「難道妳們甘心不明不白被撇下？被一個曾經深愛過的人，這樣就離開了自己的生活圈子？」

聽到她的反問，孫希善嘆了一口氣。

「我真的不想。」孫希善說：「因為五個月前，我為他……墮胎了。」

這次到高斗泫瞪大眼看著她。

「說什麼一世也愛我，通通都是謊言！」孫希善激動地說。

或者，先說分手的人，永遠也不知道被分手的人有多不甘心、有多痛苦。

「孫希善妳說得對，其實我也是第一次見妳，不過……」高斗泫溫柔地捉住她的手認真地說：「不過，我明白妳的心情，明白妳的痛苦。」

《因為你曾經歷過痛心，後來才會變成過來人。》

第一章——前度們 EXS〈3〉

每段戀愛故事都有所不同，不過，一樣會在一個循環中不斷掙扎。

這個循環就是……

所有「愛」都由「罪」結束；所有「罪」都由「愛」開始。

現任會變成前度，然後又會找到新的現任，現任又會再變成前度，直至有一天，終於找到一個，願意跟你永遠在一起的人，只要相戀比失戀多一次，就可以了。

看來很簡單，卻不是每個人都能夠「相戀多一次」，有太多太多的故事，都是由「罪」結束。

就像她們的三位「前度」。

「但……韓志始沒有對我做過什麼錯事。」像小女孩一樣的姜幼真說：「他只是覺得大家性格不適合而分手。」

「但妳還想念他嗎？」高斗泫已經感覺得到：「妳不想知道他為什麼失蹤了三個月？」

姜幼真在猶豫，看來她還未放下她的前度。

「現在只有從我們跟他們一起的經歷中，嘗試去找出答案。」高斗泫帶點激動：「無論他們是生是死，我也想知道，他們撇下我們的真正原因！」

或者，放不下的人不只是姜幼真，還有高斗泫，她的前度葛角國留給她的陰影，其實也一直糾纏著她。

「**真正的忘記是不需要努力的，除非你想記起**。」

孫希善突然說出這一句話，另外兩個女生也看著她。

「我在一本叫《Apper 人性遊戲》的小說看過這句說話。」孫希善苦笑了一下：「看來，我們三個也未完全忘記和放下呢。」

對話再次進入了沉默，咖啡店內，只餘下柔和的聖誕歌曲。三個女生也明白，自己其實還未放下……「上一任」。

無論是深愛，還是仇恨，無論是什麼原因，也代表了……還未放低。

良久，高斗泫再次說話。

「其實，還有一個原因，讓我想知道他們在想什麼。」高斗泫問：「分手後，妳們有沒有 WhatsApp 找過他？」

「有，吳方正有些東西留在我家，我想他快點拿走。」孫希善說：「不過，自從分手後，我已經沒法找到他。」

「我也有找過韓志始，可惜全部都是兩個灰色剔。」姜幼真說：「全部都是不讀不回。」

孫希善把自己手機放在桌上，然後打開了跟葛角國對話的畫面。

她們兩個一起看著她的手機畫面。

第一段大約就是「為什麼你失蹤了？你騙了我的錢！」之類的內容，大約在一個月前發出的，葛角國一直也沒有回覆，直至兩個星期前……

「我找了他三個月，葛角國終於在兩星期前回覆我。」高斗泫說：「之後我有再追問他去了哪裡，可惜已經不讀不回了。」

「這……」孫希善看著回覆訊息的內容，她的大眼睛睜得更大。

「我有聽過韓志始說過這個故事！」姜幼真搶著說。

「我也有！」孫希善和應。

「這就更奇怪了！」高斗泫皺起眉頭：「他們都有跟妳們說過類似的故事？為什麼葛角國失蹤了幾個月後，會回覆這個故事？」

葛角國在兩個星期前回覆，他輸入了一句文字……

……

……

．

「**聾啞盲人的遊戲。**」

《為什麼你會牽掛？只因你還未放下。》

第一章——前度們 EXS〈4〉

「妳們也聽過他們說這故事?他們是怎樣跟妳們說的?」高斗泫問:「我想知道!」

高斗泫的話好像勾起了孫希善的一些回憶,她搶著說:「我來說!」

三個聾啞盲人的遊戲。

在一個棄置工場的密室內,有三個昏迷後剛醒來的男人,一個是聾的、一個是啞的、一個是盲的。

他們三個男人的中間,有一台舊式錄音機、一支筆、一封信。

聾的與啞的一起看著信的內容,而盲的按下了錄音機的播放掣。

聲音與文字的內容是一樣的,內容是⋯⋯

你們三人被困在一個棄置工場的密室之內,一個是聾的、一個是啞的、一個是盲的。這裡沒有任何逃生出口,唯一逃走的方法,就是找出「主謀人」。

你們三個之中,有一個是「主謀」,只要在一小時內找出誰是主謀,另外兩人合力殺死他,就可以離開這工場密室。

如果一小時內沒有找出主謀,又或是主謀沒有死亡,密室內將會放出毒氣,到時你們會七孔流血而死！

當然，主謀已經吃下解藥，他只會看著其他兩個人，慢、慢、地、死、去！

好好享受，我為你們而設的遊戲！

他們三人知道規則後，心中想，一定要找出真正的幕後主謀！

聾的男人首先說：「我不是主謀！剛才錄音機在播放什麼內容？」

盲的男人接著說：「那封信又寫了什麼？我也不是主謀！」

啞的男人沒法說話，只看著他們兩人。

然後，他拿起地上的一支筆，在信封上寫著：「我就是主謀，請聾的人大聲地跟盲的人說。」

聾的男人看著他瞪大了雙眼，他沒有說話。

「他在寫字嗎？他在寫什麼？！」盲的男人緊張地問。

啞的男人指著信封的字，做手勢叫聾的男人讀出他所寫的內容。

「他……那個啞的男人，他說自己……自己就是主謀！」聾的男人大聲說。

不到數秒，盲的男人說……

「我已經知道主謀是誰！」

回到咖啡店，三個女生也曾聽過這故事，版本也是一樣。

「故事是不是已經完了？最後究竟誰才是主謀？」孫希善問。

「我到現在也不知道，韓志始沒有跟我說答案。」姜幼真說。

「不，現在最重要的不是故事答案，而是為什麼葛角國會在訊息中提起這個故事。」高斗泫說：「而且，我們三個也同樣聽過這個故事！」

高斗泫看著她們的反應。

「真的愈來愈古怪了！」孫希善搖頭說：「會不會是暗示了什麼？」

「妳們終於明白為什麼我會覺得奇怪，然後找妳們出來吧？」高斗泫說：「他們的失蹤，我覺得可能跟我們有關。」

「真的，同一星期跟我們分手，而且又同時失蹤，還要回覆一個我們三個都聽過的故事……」孫希善在猜測著。

「如果妳們不介意，我想我們互相分享跟他們三個男生的故事，可能會找到更多的線索。」

高斗泫認真地說：「當然，如果妳們不想再跟他們有任何關係，也不想再回憶起痛苦的事，現在就可以離開，我很感激妳們肯出來見我。」

孫希善跟姜幼真互望了一眼，然後一起看著高斗泫。

「我們要不要叫多一杯飲品？」孫希善笑說。

「我也要試試妳那杯水果茶。」姜幼真也笑得很甜。

她們的答案已經很明顯了。

「謝謝妳們。」高斗泫看著遠處，那個一直留意著她們的咖啡店老闆：「看來，我們可以再吃更多曲奇餅了，嘻。」

她們兩個也在傻笑。

「不過，由誰先……」

姜幼真還未說完，高斗泫已經知道她想說什麼。

「就由我先說出跟他的故事。」

她們三個女生跟前度的故事……現在開始了。

《為什麼跟你的過去，總是藏在我的心裡？》

第二章——曾經

ONCE

第二章——曾經 ONCE〈1〉

「緣份」，是世界上最奇怪的東西，它可以把兩個生活各不相關，圈子完全不同的人連在一起；同時，它亦可以讓住在同一大廈、同一樓層的人，一世也沒法碰上。

你想想現在居住的樓層，有沒有一個單位的住客，你是從來沒見過的？那怕你已經住了十多年，依然沒見過那個單位的住客。

中環，一所診所內。

「咯咯咯！」

護士正叫著其中一位病人的名字。

「咯咯咯！在嗎？來取藥！」

高斗泫跟其他病人一起四處看，不明白護士為什麼在扮雞叫。

「咯！咯！咯！」護士大聲地叫著。

突然，一個男人從診所大門衝進來。

「在叫我嗎？對不起，公司有急事找我，我在外面聽電話！」男人放下了手機。

「就是叫你呀！」中年女護士滿面含春地說：「你幾個月也不來一次，人家掛住你啊！」

「看來你們診所是想病人醫不好，然後不斷來看病，嘿。」葛角國跟她單單眼，露出雪白的牙齒：「好吧，為了妳，我多點病就是了。」

中年女護士的眼睛就像出現了心心眼一樣。

高斗泫聽到他們的對話，她不是太喜歡這些口甜舌滑的男人，甚至有點討厭。

這是葛角國與高斗泫第一次相遇，當然，當時的高斗泫不會知道這個男人為什麼叫「咯咯咯」。

葛角國看似三十出頭，理著一個後梳短髮油頭髮型，一身西裝打扮很帥氣，明顯是在附近工作。

他離開時，跟正在等看病的高斗泫對望了一眼。

帥氣的葛角國，被美麗的高斗泫吸引著視線。

高斗泫當時在中環 ifc 其中一間化妝品店做售貨員，其實她並不喜歡化妝，只是工作需要。

他們的首次相遇，就這樣結束。

不過，不是說過嗎？緣份這東西，是很奇怪的，總是不知不覺中把某些人相連上。

三天後，銅鑼灣禮頓道一所唐樓。

高斗泫因上班就腳，跟同事陳思儀一起在這棟唐樓租了一個單位，雖然租金比較貴，不過上班方便。

凌晨三時，高斗泫和陳思儀的房間內。

「滴……滴……滴滴滴滴滴滴滴……」

樓上又再傳來了波子聲，當然，科學家已經證實了波子聲不是和鬼怪有關，而是大廈水管的問題，不過，今晚比平時更加大聲、更加頻密。

除了波子聲，還有更嘈吵的拉櫈聲，不斷地出現。

「今晚發生什麼事！」高斗泫被聲音吵醒：「明天人家要上班啊！」

「泫泫，算了吧，呵～」陳思儀打了一個呵欠繼續睡：「舊唐樓就是這樣的了……快去睡吧……」

「已經不是一天半天的事！我們樓上的單位一定有問題！」高斗泫掉了睡眠眼罩，非常生氣。

一直以來，高斗泫都是非常醒睡的人，只要有一點聲音她就會被吵醒。這數星期，她已經受夠了這些聲音的騷擾。

因為她每天都要面對客人，充足的睡眠對她來說，是非常重要。

「噼噼啪啪！」

此時，樓上再次傳來打碎玻璃的聲音！

「思儀！起來！」她大聲地說。

「怎……怎樣了？」陳思儀問。

「起來！我們……」高斗泫指著上方：「去樓上看看！」

《有時，就是因為緣份，才會帶來不幸。》

第二章——曾經 ONCE〈2〉

唐樓上層走廊。

「泫泫……真的要這樣嗎？」陳思儀看著昏暗的走廊。

「對！我……我要跟他說別要再吵！」高斗泫說。

她不害怕？才不是，高斗泫的心跳很快，不過，從小她已經在一個單親家庭長大，高斗泫總是想靠自己把事情處理好，這就是她的性格。

或者，在香港這個繁榮城市中生活，總會讓女生變得獨立又堅強，才可以生活下去。

她們來到了單位門前，高斗泫用耳朵聽著木門內有沒有傳來什麼聲音。

突然！

「砰！」

單位內傳來了一下關門的巨響！

「會不會有危險？」陳思儀躲在高斗泫身後：「不如回去吧！」

「怕……怕什麼！我們有兩個人！」

說什麼有「兩個人」只是用來壯膽，其實她們都只不過是弱質纖纖的女生。

「開門！」高斗泫用力拍打大門：「你們很吵！可以安靜一下嗎？開門！」

不到數秒，木門緩緩地打開……

她們的心跳跳得更快。

無獨有偶，打開門的人是……

「咯……咯咯？」高斗泫衝口而出。

「是……是妳？」葛角國也非常愕然。

雖然高斗泫沒有化妝，不過，他不會忘了她那精緻的五官。

高斗泫看到葛角國手上流著血。

「我……我們是住在你樓下……」

「妳們先等等！」高斗泫還未說完，葛角國已經轉身大叫：「婆婆！別要關自己在廚房！」

葛角國沒有關上大門，亦沒有理會她們，衝向了關上門的廚房。

「婆婆！快出來！她們不是來捉妳跟爺爺的日本兵！別要怕！」葛角國一直在拍門。

高斗泫看著單位內，地上有打破了的玻璃杯，還有血跡，在廳的另一邊，是一架倒在地上的輪椅。

她們完全不知道發生了什麼事！

「對不起！婆婆有點失智，她聽到拍門聲，以為是日本兵來捉她，剛才還打破了玻璃杯……」葛角國向著大門說。

「你才是黐線的！別要讓日本兵入來捉我！」廚房傳來了婆婆的聲音。

「廚房有刀，可能會有危險！」葛角國輕聲地跟在門外的她們說。

高斗泫心想，是因為自己用力拍門嚇到那個婆婆嗎？

大概，她已經知道發生了什麼事，沒想到高斗泫竟然走進單位內。

「泫泫！」陳思儀想叫停她。

「婆婆，我們不是日本兵，我們是樓下的住客。」高斗泫走到廚房門前說。

葛角國也沒想到她會這樣做。

「妳不用怕，我們不會捉走妳的。」她繼續說。

不到數秒，廚房門終於打開，一個看似八十多歲的婆婆向外看。

「妳是……醫療兵嗎？」婆婆有點神志不清，指著葛角國：「快！快治療國仔！國仔受傷了！」

「沒問題！我會治療他，妳先出來吧！」高斗泫說。

婆婆終於從廚房出來，葛角國把她扶到沙發上，他看著高斗泫說。

「謝謝妳。」

《你是否正在苦等，一個屬於你身份？》

第二章——曾經 ONCE〈3〉

一輪混亂後，用了不少時間，婆婆終於在沙發睡著了，葛角國將一張被蓋在她的身上。陳思儀也同樣睡著了，現在只餘下葛角國和高斗泫還未睡。

葛角國解釋，其實自己本來不是住在這裡，不過，因為婆婆不想住老人院，他的朋友交托他照顧婆婆幾星期，所以才會搬來住。

看來交托他照顧婆婆的人，應該是一位非常重要的人。

那天去診所，不是他生病了，而是幫婆婆拿藥。樓上傳來的聲音，才不是什麼鬼怪之類的，而是婆婆總是凌晨時坐著輪椅上四處走，發出古怪聲音。

「老了，反而變回孩子，嘿。」葛角國苦笑，看著自己包紮好的手。

「很正常，像她這個年紀，已經無所求了。」高斗泫喝了一口茶。

「所以凌晨才不用睡覺，哈！吵到妳真的對不起。」葛角國說。

「知道原因後我又怎能怪你呢。」高斗泫看看牆上的時鐘，才驚覺：「凌晨四時半了！我明天還要上班！要走了！」

「希望妳們都不會像熊貓一樣上班。」葛角國風趣地說：「過幾天我請妳們吃飯，當是報答妳們的幫忙。」

「好！」

高斗泫微笑回答，然後把睡得正甜的陳思儀叫醒，離開了葛角國的單位。

從那一天開始，他們的關係，真正開始了。

這次的「緣份」，就是從一個八十多歲的婆婆開始，葛角國替婆婆去診所拿藥，他們才會遇上，又因為婆婆晚上沒有睡覺吵鬧著，他們才會真正認識對方。

你說，「緣份」這東西，不是很奇怪嗎？

三個月後。

他們相約一起吃午飯。

經過了三個月的時間，他們更加熟悉了，葛角國就在中環一間加密貨幣投資公司工作，如果時間許可，她們都會一起吃午飯。

「婆婆最近怎樣了？」高斗泫問。

「還好，請了護理員照顧她後，我就不用晚晚跟她熬夜了。」葛角國說：「妳也感受到吧？樓上沒有輪椅聲了。」

「你一早已經要這樣做吧！」

「我也沒想過，已經數個月，她也沒有回來。」

高斗浤聽到「她」，有一點在意。

「其實叫你照顧婆婆的人是誰？」高斗浤問。

高斗浤一直也很想知道，不過，葛角國從來也沒有提過。

「是我的前度女友。」葛角國終於說出口：「她去了意大利，那邊的藝術學院還要她多留一會。」

聽到「前度」兩個字，高斗浤更加在意。

葛角國跟前度分手的原因，是因為性格完全不合，一個是藝術家，而另一個卻在金融圈子打滾，兩個人對世界都有很不同的看法，最後，因為經常吵架而決定分手。

「我覺得留下婆婆一個人自己出國很不負責任，還要你照顧婆婆。」高斗浤說出了心裡的說話。

「她的父母早離開了，沒辦法，而且老實說，我覺得她追求自己所愛的藝術，也沒有錯。」

葛角國替她說話：「嘿，或者這是我跟她唯一有共識的想法。」

「你……」高斗泫放下吃沙律的刀叉：「還愛她？」

很直接的問題。

高斗泫很想知道，葛角國的想法。

「不，是我欠了她的。」葛角國說：「那些事不說了，總之，我覺得婆婆也是我的半個家人，我要照顧她。」

這樣的一個男人，很吸引高斗泫，雖然他還是跟前度藕斷絲連，不過，卻是一個負責任的男人。

他們兩人的關係來得很自然，不是什麼一見鍾情，而是慢慢地了解對方。

除了高斗泫欣賞他，葛角國也喜歡高斗泫這一個為了生活而奮鬥的女生。

他們互相吸引著對方。

直到那天的一個派對舞會，他們終於走在一起。

《對於某一種吸引，是沒法說出原因。》

第二章——曾經 ONCE〈4〉

投資公司舉辦了一個週年晚會，葛角國邀請了高斗泫陪同出席。

有錢人的世界都是奢侈的，場地佈置非常華麗，出席的人都穿上了體面的晚裝，碰杯的聲音不絕於耳，大家也談笑風生，表現大體。

高斗泫穿上了一條黑色扣環單肩連身長裙，配合宴會又得體。她走路時，開叉的裙腳露出修長的雙腿，非常性感。

她也成為晚會中，男士們都想認識的對象。

「葛角國，你應該一早介紹這麼漂亮的女朋友給我認識，哈哈！」一個光頭的中年男人高興地說。

「周總，她不是我女朋友呢。」葛角國微笑說：「她是我最好的朋友。」

「那就太好了！」周總高興地笑著：「高小姐，有機會可以上我的遊艇玩玩吧！」

「好的。」高斗泫表現大方：「有機會吧。」

多聊一會後，周總又向其他人搭訕。

「剛才那個光頭佬……」葛角國在耳邊跟高斗泫說：「他是香港最大的麻雀館老闆，他投資了上億的加密貨幣。」

「上億這麼多？我真的沒有什麼概念，後面有幾多個零也不知道。」高斗泫說。

「妳知道是什麼原因讓最實際的麻雀館老闆，投資虛擬的貨幣？」

「是因為錢？」

「是因為……女人。」葛角國看著遠處一個穿著高級晚裝的女士。

她跟葛角國同期入職，這位女士就是介紹周總投資的人，她有美貌有身材，現在已經成為了公司的高層。

「男人有錢就變壞，女人變壞就有錢。」葛角國喝了一口酒。

「你不會是想賣了我，然後換錢吧？」高斗泫也喝了一口。

「我怎捨得把自己喜歡的人，賣給那些玩弄女人的人渣呢？」葛角國微笑，看著高斗泫的雙眼。

「你是在這個場合向我示愛？」高斗泫莞爾。

「我以為聰明的妳，一早已經知道我喜歡妳。」

「你是讚我聰明？還是讚我知道你喜歡我？」

「問題是……妳會喜歡我嗎？」葛角國扮作在思考：「唔，我也很聰明，所以我也知道答案了。」

然後，再沒有下一句說話，他吻在她的唇上，高斗泫沒有拒絕，證明這兩個「聰明人」，其實一早已經……愛上了對方。

這一晚，他們沒有回到禮頓道唐樓，葛角國帶高斗泫回到自己在淺水灣的住所。最轟烈的愛與慾，同時發生在睡房的床上。

這一刻，在他們的世界中就只有兩個人，一個是他，另一個是她。

肉體與愛情是可以分開的，可以有肉體，而沒有愛情，也可以有愛情，而沒有肉體，不過，當靈與慾同時出現，沒有事情比這樣更快樂與享受。

完事後，高斗泫躺在葛角國的臂上。

「你有沒有聽過『聖人模式』？」高斗泫笑著問。

「聖人模式？什麼東西？」

「當男人射精完事後，快樂與興奮的多巴胺就會開始下降，變得冷漠、沒有慾望的狀態。」高斗泫輕撫著他的身體：「就像聖人一樣，所以叫聖人模式。」

「嘿，這不是很正常的嗎？」葛角國說。

「哦！看來你跟我做完後，已經對我沒興趣了！」

「誰說的？」葛角國抱著她的腰。

「哈哈！很癢！很癢！」

「我現在跟妳再來一次也可以！」

「等等……」

高斗泫沒法說話，因為她跟葛角國又開始了一場濕吻。

她繼續配合著他。

沒有人可以停止他們的愛，至少，在這一個晚上沒有。

不過，在熱戀之時，永遠不會出現……

「**真面目**」。

《當你終於知愛錯那一日，才會發現已經粉身碎骨。》

第二章——曾經 ONCE〈5〉

三個月後，婆婆的家中。

婆婆正在看電視，高斗泫與葛角國坐在沙發上聊天。

「真的沒想到，妳才二十五歲已經儲了八十萬，看來妳比我更懂理財呢。」葛角國說。

「我從小已經出來工作了，而且是全公司前三的 Top Sales 啊！」高斗泫依靠在他的肩膊：「我儲得很辛苦的，你一定要幫我翻倍。」

「沒問題，最近幣市做好，我想一年後可以翻倍了。」葛角國吻在她的額上：「對，妳還記得宴會那個光頭佬嗎？下星期他約我們公司的同事，上他的遊艇玩，他也想妳出席。」

「我又不是你公司的人……」高斗泫有點不情願。

「妳就當是見見我的同事吧。」葛角國自信地說：「讓他們知道我有一個這麼漂亮、高貴、大方的女友，讓他們羨慕一下也好。」

「你愈來愈口甜舌滑！嘻！」高斗泫說：「你這個人真奇怪，帶我見你的同事，也不帶我見你的好朋友。」

「也沒什麼好見呢，他們又未死，總有機會讓妳跟他們見面的。」葛角國笑說。

當時高斗浤跟葛角國已經認識了大半年，一起了三個月，可惜高斗浤還未接觸過他的朋友。

「乖，就去一去玩吧。」葛角國說。

高斗浤想了一想：「好吧！不過，我現在有點肚餓，如果有人煮一個……」

「遵命！」葛角國立即彈了起來：「女皇，愛心出面一丁加菜很快就到！」

他立即走進廚房，高斗浤看著他的背影微笑了。

「藥……我不要吃藥，我不要！」

此時，正在看電視的婆婆，突然自言自語，高斗浤走了過去。

「婆婆，要吃藥身體才會健康的。」高斗浤捉住她的手溫柔地說。

婆婆慢慢地把頭轉向她，表情非常恐怖：「不，吃藥會死的！會死！會死！」

婆婆的表情讓人心寒，高斗浤下意識縮開了手。

然後，她看著在茶几上那包藥……

「浤浤，怎樣了？」葛角國聽到聲音後，從廚房叫了出來。

高斗浤再次看著婆婆，她又回復平靜看電視。

「沒……沒有事！」

「很快有得吃！」他高興地說。

「好！」

這次，是高斗泫第一次感覺到一份……莫名其妙的「懷疑」感覺。

一星期後，周總的遊艇上。

遊艇上，除了葛角國部門的同事外，還有不少的年輕少女，當然是周總叫來的。整個下午都是碧波蕩漾的海上活動，玩完後，很快來到晚餐時間，大家也飲飽食醉。

「國，可能喝太多了，我有點頭暈……」高斗泫按著自己的額頭。

她一向酒量不差，這次卻很快已經喝醉了，就連她自己也覺得奇怪。

「妳可以去船艙休息，應該有房的。」葛角國說：「我跟妳一起去。」

「好。」

他們一起走進了船艙其中一間房間內。

有很多女生，就算是喝醉了，也會表現得非常精神，因為她知道，如果不這樣做可能會有危險。不過，只要那位女生去到一個安全的地方，又或是在信任的人身邊，她們就會放下戒心。

就像高斗泫，他信任葛角國，來到房間後不到數分鐘，她睡著了。

就在她入睡不久，葛角國離開了房間，然後……

另一個人男人走了進來！

男人戴著一個黑色的頭套！

他用一個淫邪的眼神看著穿上鮮黃色比堅尼泳衣的高斗泫……

就好像看著自己的獵物一樣！

《或者，她不是為了你而醉，卻願意醉在你身邊。》

第二章——曾經 ONCE〈6〉

咖啡店內。

孫希善與姜幼真聽著高斗泫的故事，完全不敢相信。

「不會吧……」孫希善好像想到了什麼。

「沒錯，就是妳所想的。」高斗泫認真地說。

「那個人是誰？！」姜幼真問。

「妳們有遇過禽獸嗎？」高斗泫問。

「我……我沒有遇過。」姜幼真說。

「快說下去吧！」孫希善心急地說。

她們就像是聽故事的小女孩一樣想繼續聽高斗泫的故事，不過，高斗泫所說的不是什麼童話故事，而是最黑暗的……「愛情故事」。

高斗泫繼續說下去：「在遊艇的房間內……」

房間內。

半睡半醒的高斗法，感覺到有人用舌頭舔著她的身體，發出了噁心的聲音。

「國⋯⋯現在不要⋯⋯」高斗法感覺到有人脫下她的泳衣。

「怕什麼？妳愈是說不想要，我就愈想要，嘰嘰嘰！」

不是葛角國！不是他的聲音！

高斗法很想反抗，卻意識模糊、全身乏力，現在的她只能任人魚肉，沒法反抗！

她感官愈來愈模糊，身體不斷在搖晃，半開合的眼睛，只能看著天花板不斷地震動，是她的身體在搖晃！

她完全沒有任何的快感，只想搖晃快點停止⋯⋯

她的眼淚不禁地流下⋯⋯

她昏迷過去了。

咖啡店內。

她們兩個女生聽得非常肉緊，就像置身其中。

「妳……妳被強暴了？」姜幼真非常不願說出口：「妳那時的男朋友呢？他不是一直也陪著妳？」

「妳還要問嗎？根本就是一個騙局！」孫希善帶點氣憤：「妳知道那個戴頭套的人是誰？不是了……十成十是那個周總！」

「第二天我醒來，葛角國就在我身邊，我的泳衣還在身上。」高斗泫說：「他說他一直都在我的身邊，沒有離開過。船上的其他人都已經走了，但因為我醉了，所以我們留下來睡了一晚。」

「怎可能？酒醉三分醒不是嗎？」姜幼真說。

「對，妳沒可能不知道有沒有被侵犯。」孫希善說。

「我當時根本不是喝醉，是被人……下了藥。」高斗泫說：「我當然知道發生了什麼事，但葛角國說是他跟我做，不是其他人！」

「等等，妳當時還相信他？」孫希善問。

高斗泫不情願地點頭。

「墮入愛河的女人真的沒救。」孫希善搖搖頭說：「妳真的很笨。」

「妳不能這樣說她。」姜幼真替高斗泫說話：「妳自己不也是一樣嗎？」

「我……」

孫希善想說下去，卻沒法反駁。

的確，當你喜歡到極致，人渣都會當天使。

我們都習慣批評別人的愚蠢，又會去教人如何去愛。不過，當自己墮入了愛情這個遊戲與陷阱時，就會變成……能醫不自醫。

「之後呢？妳是怎樣發現？妳是怎樣跟他分手？」姜幼真問。

「那次之後，我開始懷疑這個我深愛的男人。」

高斗泫繼續說出自己的故事。

《最初，你相信緣份，最後，你泥足深陷。》

第二章——曾經 ONCE〈7〉

高斗泫跟葛角國分手的前一星期。

她收到一個電話，一個「不速之客」的電話。這個人是葛角國的同事，就是早前葛角國說她用美色和肉體引誘周總投資加密幣的女同事。

在電話中，她說了一個對高斗泫來說非常震撼的消息。

「葛角國簽入了一張買賣加密貨幣的大單投資，而買方就是周總。」

高斗泫已經知道她為什麼會聯絡自己，也許，除了葛角國搶了她的大客之外，她還不甘心高斗泫被利用。

這個女人說，自己其實曾經跟葛角國一起，最後因為工作上的糾紛而分手。

「**妳要小心葛角國這個男人**。」

這是她最後給高斗泫的忠告。

本來，什麼事都沒發生時，高斗泫根本就不會相信她的說話，不過她已經對深愛的男人產生了懷疑。

一段關係最可怕的，就是出現了「懷疑」，懷疑就像病毒一樣會不斷的擴散，直至有一天……爆破。

那晚，高斗泫找了個藉口，獨自來到了婆婆的單位。照顧婆婆的護理員知道高斗泫是葛角國的女友，不時到來探婆婆，護理員也沒有戒心，讓高斗泫進來。

本來，高斗泫想找出有關的證據，其實在她的內心，希望那個女人說的都是假的。

她的心情就像偷看男友手機一樣，不想找到什麼讓自己傷心的東西，卻抵不住自己的好奇心，最後，只有痛苦的結果。

本來想找證據的她，找到婆婆的一份病歷報告，她用手機拍了下來，還有把婆婆一直吃的藥也取了幾顆。

高斗泫向一位醫生朋友求證，婆婆的病歷是由一間有問題的私家醫務所發出，同時，她吃的藥根本就不是什麼治療腦退化的藥物，而是一種非法的……慢性毒藥！而且會讓腦退化更加的嚴重！

葛角國一直也扮作去不同的診所取藥，然後把藥調包！

為什麼他要這樣做？

很簡單，就是因為……「錢」。

高斗泫愈調查下去，愈是心寒。

這個患有老人痴呆的婆婆，根本就不是高斗泫前度的婆婆！她真正的身份，是葛角國的母親！

二十多年前，因為婆婆年老沒法生孩子，領養了當時只是小孩的葛角國。高斗泫調查過，任何人根據合法的領養程序而被領養，被領養者擁有跟親生子女同等的法律地位。

即是說，如果婆婆死去，身為養子的葛角國，將會成為合法的遺產繼承人。

婆婆說「吃藥會死」，不是笑話，是真實會發生的事！

她想起自己在遊艇所發生的事、她想起自己跟葛角國的關係……

她絕對沒想到，自己會跟這一個恐怖的男人上過床！

一星期後，失蹤了數天的高斗泫，終於跟葛角國見面，她把自己所知道的事通通告訴他。

葛角國毋須再隱瞞什麼，直接跟高斗泫分手。

他還威脅高斗泫，如果把事情告訴別人，她在遊艇被拍下的性愛影片，將會被公諸於世。

熱戀時，的確不會露出真面目；更甚的是，當關係破滅之時，那個「真面目」比想像中更恐怖。

恐怖一百倍、一千倍。

比這更恐怖的是……

自己曾經真心愛上這樣的一個人。

比知道真面目的真相……更可怕。

《痛苦是因你曾真心愛過，但結束絕對不是你的錯。》

第二章——曾經 ONCE〈8〉

咖啡店內。

「簡直是人渣！」孫希善生氣地說。

「三個月前的那天，是我最後一次見他，我們分手後，他也失蹤了。」高斗泫帶點傷感：「他沒有辭職，卻沒有上班，我找過所有我認識的他的同事，沒有人知道葛角國去了哪裡。」

「婆婆呢？她怎樣了？」姜幼真問。

「我樓上的單位也空置了，婆婆也跟著他失蹤。」高斗泫說：「所有有關他的人與事，好像全部……人間蒸發。」

「我終於了解為什麼妳會找我們出來。」姜幼真說：「我也希望妳可以找到他，問過清楚明白。」

「對，我承認愛錯了一個人，不過，我覺得整件事還未完結的，錢沒了可以再賺，但有些回憶卻跟著我一世。」高斗泫說：「除了擔心婆婆，我更想知道，他有沒有一秒是真心愛過我。」

重要嗎？

應該說，「還」重要嗎？

或者，對於一個真心愛上別人的人來說，很想知道問題的答案，就算，答案是謊言也好。很笨？沒錯，曾經深愛過的人，都是笨蛋。

此時，她們發現孫希善沒有說話，只是在用攪拌棒不斷攪動飲品。

「妳在想什麼？」高斗泫問。

「沒有。」孫希善從回憶中走回來：「我在想我可能比妳更慘，因為最後分手時，他只發了個 WhatsApp 給我，我們就分手了。」

和誰比較慘，贏了也是輸。

在現今的社會中，也許，有一半以上的「分手」，都是由文字發出，直接當面說分手的，已經愈來愈少了。

大家也習慣了離離合合，不見面分手，也許是最快結束的方法。

「我的故事就說到這裡。」高斗泫說：「妳的呢？」

「我可以先說。」姜幼真說。

「不，讓我說吧。」孫希善撥了撥粉色的頭髮：「我也想妳們知道，世界上不只一個叫葛角國的是人渣，我曾經愛過的人，吳方正跟他的名字一樣，是人渣中的極品。」

「那我就洗耳恭聽了。」高斗泫說。

「妳們跟他們一起多久？」孫希善問。

「差不多一年吧。」高斗泫說。

「我也是。」姜幼真說。

「還好，他們只在妳們生命中出現了一年，而我跟吳方正，卻是認識了……八年。」孫希善說。

「妳們是從小已經認識？」高斗泫問。

「對，我們是中學同學。」孫希善說：「我從來也沒想過，會愛上他，因為他根本就不是我喜歡的類型。」

「有時就是這樣，明明性格不同，上天卻把某個人安排在我們身邊，然後，不知什麼原因就一起了。」姜幼真說：「對不起，我是在說我跟韓志始的事，妳先說吧。」

「也許妳沒說錯，上天好像冥冥中早有主宰。」孫希善看著杯中的茶：「就好像我們坐在這裡一樣，如果我們不是愛上了他們三個，可能一世也不會認識對方。」

高斗泫明白她所說的，在點頭。

「好吧，讓我說我跟吳方正的故事吧。」孫希善說：「一切的開始，是譚仔米線……」

她們兩人不明白她在說什麼，不過，這就是孫希善的故事開始。

《所有你們的經歷，變成心裡的回憶。》

第三章——過去

PAST

第三章——過去PAST〈1〉

在時裝雜誌工作的孫希善，那天正好放假。

因為要趕最新一期雜誌的專題故事，她在家中努力工作。

「好吧，把訪問內容再增加，老總應該會滿意的！」她對著電腦自言自語。

此時，門鈴響起。

「外賣到了！嘻！」

整個下午都在工作的孫希善，肚子餓壞了，她立即衝向大門。

「送外賣。」外賣員說。

「謝謝！」

孫希善的視線只集中在那碗米線，拿走食物後，她立即關上大門。

當她正想飽餐一頓之時，門鈴又再次響起。

「怎樣了？」

孫希善再次打開大門，這次，她看到那個外賣員，一個留著捲髮蓬鬆瀏海髮型的男生。

「妳是不是……孫希善？」外賣員問。

「你是……」孫希善努力在腦海中找尋這個有點熟悉的臉孔：「你是光大中學的同學！隔籬班的……吳……」

「吳方正！」

「對！你瘦了很多，差點不認得！」

孫希善看著這個從前學校的肥仔，現在變高了，不再肥胖，而且還充滿陽光男孩的氣息。

當然，孫希善也變得更美，如果她是一個醜八怪，吳方正不會再次按門鈴。

出來社會工作後，大家都有屬於自己的生活，「同學」這兩個字，只會變得愈來愈陌生，還有朋友、情侶的關係，都會慢慢地被新的生活蓋過，然後被遺忘。

為什麼總是說成長是痛苦的？也許，就是因為我們再沒有時間停留在快樂的過去、快樂的學生時代。

他們交換了電話後，開始了屬於他們的……新開始。

跟大部分的愛情故事一樣，感情的進展，都是從每一個輸入的文字開始，他們開始從文字中互相了解，關心對方生活所發生的事。

吳方正的性格很古怪，曾經問過孫希善要如何養活一隻甲甴。不過，就是因為他的古怪性格，吸引著孫希善。

吸引著一個不喜歡平淡愛情的女生。

當然，最初的確是這樣。但所有關係都是如此，最初是很吸引，不過慢慢會改變。或者，根本不是你喜歡的人改變了，而是你對他的看法改變了。

曾經你喜歡他的不成熟，後來你不喜歡他的幼稚。

曾經你喜歡他的甜言蜜語，後來你不喜歡他的花言巧語。

不是他改變了，而是「你」。

「明天妳升職的面試要加油，別要太緊張。」吳方正輸入。

「我一點也不緊張啊，對，你今天工作如何？又要做寬頻安裝又要送外賣，你要多點休息。」孫希善問。

「還好吧，要賺多點錢，沒辦法了。」

「你也要加油！」

「妳升職要請我吃飯！早點去睡吧，我要出門了。」

「這麼夜，去哪？」

「我前度又喝醉了，我去帶她回來。」

「又是她？煩不煩？」

輸入中……

最後一句，孫希善沒有發出去，她刪除了。的確，她內心覺得，還要照顧一個已經分手的前度很煩，不過，她沒有打出來，因為她不想吳方正覺得……

她在意了。

「好，早點回家。」孫希善最後的一個回覆。

「回家後我再跟妳說。」吳方正輸入。

胡思亂想，是女生的特權，同時，也是痛苦的來源。

「他們之後會怎樣？」

「會上床嗎？」

「還是什麼都沒做，回家去？」

「前度啊！不就是最熟悉的陌生人？」

「會不會重燃愛火？」

整晚，無數的問題出現在孫希善的腦海中，她完全沒法入睡，直至她控制不了自己感覺，她發了一個 WhatsApp 給吳方正。

「還沒回家嗎？」

從那一晚開始，孫希善知道自己對他有好感，同時，吳方正……也知道了。

《痛苦如此，只因在意。》

第三章——過去 PAST〈2〉

「**好感**」。

好感不一定代表喜歡，不過所有「喜歡」之前，都會有好感。

兩個單身的年輕人，互有好感，分別只是誰先將想要的關係說出口。

三個月後的平安夜，吳方正約了孫希善出來，不過，他不是想跟她行街睇戲食飯，而是有另一活動，吳方正沒有告訴孫希善，只說是秘密。

「你要帶我去哪裡？」孫希善問。

「跟我來就知道！」吳方正笑說。

因為是聖誕節的關係，街上的行人都悉心打扮，當然包括了孫希善。她的妝化得比平日更濃，除了是因為聖誕節，也是因為可以見到自己有好感的男生。

「今晚是我見過妳，最美的一天。」吳方正一面走一面說。

「其他日子不美嗎？」孫希善咬咬下唇。

「其實……」吳方正指著前方：「八年前，我已經覺得妳很美。」

孫希善看著熟悉的環境，還有吳方正指著的地方，她終於知道他帶自己去哪裡。

他們來到了大閘門前。

他們來到了光大中學的閘門前。

「我們要進去？」孫希善問。

「對，在學校慶祝聖誕節！」吳方正撥一撥自己的捲髮。

「我們怎進去……」

孫希善還未問完，吳方正已經打開大閘的鎖，輕輕推開閘門：「我一早已經準備好了，有請。」

「等等……」

「1B班二十六號、2A班二十四號、3C班二十號。」

吳方正說的，是孫希善當時所讀的班別與學號。

「之後，妳因為要搬去另一區，轉校了。」吳方正走進學校，回頭看著她笑說：「妳曾經在學生會的壁報板上，寫過一個願望，希望可以在香港看到下雪。」

「什麼？你怎知道的？」孫希善不太相信：「我自己也忘了。」

「我不是說過嗎？」吳方正說：「八年前，我已經覺得妳很美。」

原來，吳方正中學時一直留意著孫希善，他甚至祈禱希望自己可以跟她同一班，可惜，從來也沒有靈驗。

吳方正比孫希善早很多很多，已經喜歡她。

「我記得中三那年，妳跟學長拍拖，這是我最痛苦的時期。」吳方正伸出了手：「我沒什麼同學和朋友，而且經常被人欺負，也沒有人知道我喜歡妳。我只是偷偷地暗戀妳，不，嘿，有一個人知道。」

孫希善牽著他的手，走進了學校：「我真的不知道你……一早已經……」

「很正常吧，妳聽過我的名字，也只是因為當時我是同級的唯一一個肥仔，不是嗎？」吳方正說：「根本沒有人會在乎我的存在。」

「肥仔？你好像說得對，嘻！」孫希善笑得很甜：「等等啊！現在你是向我表白嗎？」

「才不是。」吳方正拖著她冰冷的手：「跟我來！」

她們走上了學校的三樓。

「為什麼校工張伯不在的？」孫希善問：「我們可以這樣自由出入？」

「這兩天張伯都會放假的，每年都是這樣。」吳方正說。

「你記得張伯的全名嗎？」孫希善笑著問。

然後他們一起笑說：「張敬軒！」

學校每一個人都知道張伯的全名，而且經常拿他來說笑，說什麼張敬軒是我們學校的校工。

他們來到其中一個班房門前停了下來。

「妳記得這個課室嗎？」吳方正問。

孫希善很努力地回憶，可惜還是記不起來，她搖搖頭。

「是妳中三那年的課室，當年那個學長就是在這裡拿著花跟妳示愛。」吳方正露出一個陽光的笑容：「而我就是站在門前，看著妳跟他點頭，全班也在歡呼，就只有我一個臉上沒有笑容。」

「方正，對不起，我真的不知道當時你……」

吳方正用手指點在她的唇上：「不用說對不起，妳根本沒有錯，而且當時是校花的妳，又怎會看得見我這個肥仔？」

「現在我看得見了。」孫希善高興地微笑。

吳方正也看著她笑了。

然後，吳方正打開了課室的門，按下了燈掣。

《有種回憶最美，就是，暗暗地喜歡你。》

第三章——過去 PAST〈3〉

課室亮著的燈，不是天花板的光管，而是吳方正用心佈置的聖誕燈飾。白光與藍光的 LED 燈，一閃一閃地亮起，課室內還播放著柔和的聖誕音樂，Silent Night, Holy Night。

「妳剛才問我是不是在向妳表白？」吳方正捉著她的雙手：「剛才不是，現在才是。」

班房後方的壁報板上，突然亮起了幾個數字與英文的燈飾。

「**15537393 I LOVE U**」。

「這是……什麼意思？」孫希善問。

「就是妳的生日日子。」吳方正說。

當時，孫希善根本不知道為什麼這組數字代表她的生日，她只知道自己的心跳加速。

吳方正按下了一個遙控掣，開動冷氣與吊扇。

他一早已經在冷氣的出風位與吊扇的扇葉放了大量的白色紙碎，現在，就像是……下雪一樣。

「小時候，妳想在香港看到下雪嗎？」吳方正撥動她秀髮上的紙碎：「現在下雪了。」

孫希善泛起了淚光。

雖然她只有二十來歲，不過拍拖的次數也不少，孫希善很少有這份感動的感覺，而上一次，已經是在中學時代，那位學長跟她示愛那時。

「希善，妳願意跟我一起嗎？」吳方正拿出了一紮玫瑰花，害羞地笑說：「妳願意跟一個曾經不起眼的肥仔一起嗎？」

孫希善沒有回答他，她吻在吳方正的唇上。

一個人愛不愛你，除了在你身上花多少的金錢，還有，他願意在你身上花多少的心機與時間。

吳方正正是為他所喜歡、所愛的人而付出。

八年的等待，也許，是值得的。

咖啡店內。

「你們的開始，蠻浪漫的！」姜幼真說：「不知道是不是有人教他的呢。」

「的確，吳方正的確有無數的奇怪想法，那次是我人生中覺得最浪漫的表白。」孫希善說。

「後來是什麼原因讓你們的關係改變了？」高斗泫問。

「因為他……太怪了。」孫希善說。

「怎樣怪？」

「不只是怪，還……」孫希善認真地看著她們：「還很變態！」

那個平安夜後，他們一起了。

最初，孫希善很喜歡吳方正古怪的想法，不過，慢慢地，開始出現了一些問題。

他們是同年出生，而女生比男生會更早成熟，這是自古以來的定律，所以才會有「長不大的男孩」這句說話。

孫希善的家中。

因為吳方正說家中沒有電腦，所以經常來她家借用她的。

「方正，我要交這星期的稿啊！你用完電腦沒？」孫希善問。

「快了。」

孫希善看著電腦的畫面：「這……這是什麼？」

「我在做申請舉辦項目的報告，還有宣傳單張！」

「渣裸？」孫希善讀著報告的標題：「渣……渣打裸跑馬拉松？」

「對！為什麼可以舉辦馬拉松，而不能舉辦裸跑賽？」吳方正非常認真地說：「我們一出世就沒有穿衣服，裸體是代表了自由與純真！」

「但香港這麼多人……」

「在世界各地都有不少地方舉行過裸跑大賽，妳想想，幾千人在維港旁邊沒有穿衣服跑步，真的很震撼！」吳方正笑說。

「不會有人參加的！」孫希善說。

「為什麼？」

「總之……不會有！」孫希善說：「我來問你，如果是我，你想我參加嗎？」

「當然沒問題！如果成功申請，我一定會跟妳一起參加！」吳方正瞪大雙眼說。

「你瘋了嗎？讓自己女友給別人看光光！」孫希善生氣地說。

「別要用色情的眼光……」

「大部份人都會用色情眼光去看！」孫希善大聲地說：「不可能成功！你根本就是浪費時間！」

就在此時，吳方正憤怒地捉住她的手腕，把孫希善推倒壓在床上！

「為什麼妳不支持我？！為什麼？！」

吳方正目露凶光，孫希善第一次看到他露出這樣的表情！

數秒後，吳方正才清醒過來。

「對……對不起。」吳方正放開了手：「我出去啉啉氣。」

孫希善看著他離開，同時，看著自己的手腕又紅又腫。

這是她第一次覺得吳方正……情緒有問題。

《如果是需要等待，你還會選擇去愛？》

第三章——過去 PAST〈4〉

咖啡店內。

「當時，妳沒有跟他說弄傷了妳？」姜幼真問。

孫希善搖搖頭：「那次我只是覺得他太過激動，沒有心的。」

高斗泫看著孫希善失望的表情，她明白剛才孫希善說「墮入愛河的女人真的沒救」這句說話的意思。

孫希善不是在說高斗泫，她只是在說她自己。

「愛會讓人盲目，會讓人看不清真面目。」高斗泫說：「更正確的說，他露出了真面目，我們心裡卻還在為他解釋，所有朋友說他有什麼不好也聽不入耳。」

孫希善無奈地點頭：「直至，發生了一件事，還有我發現他一直隱藏的秘密，才真正的醒了，可惜，當我想跟他斷絕關係之前，他先跟我說分手了。」

「發生了什麼事？」姜幼真問。

「我有了他的孩子……」

通宵巴士的上層。

因為孫希善住的地方是巴士尾站，乘客都已經下車，只餘下吳方正與孫希善兩人。

孫希善已經告訴吳方正，她有了身孕兩個月，吳方正一直也沒有說要怎樣做，不過，孫希善很大機會不要這個胎兒。

從前，如果有人問她應否墮胎？她一定說不可以。

不過現在自己懷孕，她知道自己年齡還小，而且吳方正不會是一位很好的父親，所以她違背了自己從前的想法。

或者，我們都會在成長中，因為關係、生活，慢慢地變成了自己從前最討厭的人。

變成討厭的自己。

「不可以，不可以落了他。」吳方正認真地看著她：「妳要把孩子生下來。」

「但我們根本沒能力去養孩子！」孫希善說。

「不，我意思是妳生下來，然後給其他人養。」吳方正微笑說：「我大伯兩夫妻一直都很想要孩子，可惜他們不育，妳生下孩子就送給他們養，他們一定會很高興！到時妳就不用墮胎，孩子也有人養了！」

孫希善瞪大眼看著吳方正，她完全沒想到，一個自己深愛的人竟然會說出這樣的說話。

「妳想想，很多貓狗都是這樣的，生了小孩之後就給人養，不是嗎？」吳方正繼續自圓其說。

孫希善的眼睛流下了眼淚，她已經不知道可以跟吳方正說什麼，本來，她很喜歡他的與眾不同，不過，現在已經來到一個她不能接受的程度。

吳方正對她不好嗎？

沒有，吳方正依然是愛著她，可惜，孫希善再沒法接受這個思維古怪，甚至是過份的男生。

還未到尾站，孫希善下車，在這一刻她已經不知道可以跟吳方正說什麼。

吳方正在車上一直叫著她，可惜，孫希善沒有回頭，巴士再次開出，吳方正只能在上層看著孫希善向著相反方向離開。

那一晚，孫希善沒有回家，在朋友的家暫住。

吳方正不斷發 WhatsApp 給她，孫希善沒有回覆，她看著吳方正說「是我錯了」、「我很想妳」、「不要離開我」等等的訊息。

她的心又再次軟下來，又再次替吳方正想出無限個藉口。

正當孫希善按捺不住想回覆他之時，她收到了一個中學同學群組的訊息，而吳方正從來也不加入這些群組，他不在群組之內。

她看著訊息的內容，最初是驚訝，然後是……懷疑……

開始懷疑一些她根本沒法相信的「事情」。

那個 WhatsApp 群組的內容是……

「你們知道嗎？我們光大中學的校工張伯，原來在聖誕節期間死了！」

「是怎樣死的？」

「好像是……割喉自殺！」

《如要減少痛苦傷害，最好的選擇是割愛。》

第三章——過去 PAST〈5〉

校工張伯在聖誕節放假的那兩天，在家中割喉自殺！

就是吳方正跟孫希善表白的同一天。

當然，不會有人想到張伯在家自殺，是跟佈置課室示愛有關，除了……孫希善。

校工張伯是一個非常樂天的人，每一個光大中學的同學與老師也知道，他的自殺根本完全不合邏輯。

當然，每個人都有黑暗的一面，表面樂觀，不代表內心同樣樂觀，中學同學群組的討論非常熱鬧，大家都像私家偵探一樣分析「校工之死」。

這幾天，吳方正不斷尋找孫希善，可惜，他們沒有任何一位共同朋友，而孫希善暫住在同事的家裡，吳方正根本沒法找到她。

晚上，女同事周靜蕾的家裡。

「希善，妳真的要跟他分手嗎？」周靜蕾托托眼鏡問：「不過，他說要妳將 BB 生下來給別人養真的太過份了，我覺得妳可以找到更好的男人，或者……女人。」

孫希善沒有回答她，只是看著手中的酒杯。

「妳可以一直住下來，我沒問題的。」周靜蕾抱著孫希善的後腰：「妳知道我也很愛妳的，嘿！」

「我說過一萬次了。」孫希善抬起頭看著她：「我不會愛妳的，妳知道吧。」

「我當然知道！不過……」周靜蕾舉起了兩根修長的手指奸笑：「妳也可以試試我的『手勢』。」

孫希善看著她苦笑了：「妳是要我咬斷妳的手指嗎？」

「好了好了，不玩了。」周靜蕾坐到她身邊喝著紅酒：「老實說，妳再這樣避開他也解決不到問題。」

「我知道。」

「如果妳真的想結束這段關係，就要跟他來一個了斷。」周靜蕾指指孫希善的肚子：「我可以介紹醫生給妳。」

孫希善也喝了一口酒。

突然，她站了起來：「靜蕾，妳陪不陪我？」

「陪妳去哪？」

「去做了斷！」

……

…

．

凌晨，大埔舊墟一所舊式樓宇。

升降機是人手拉門那一種，而且還會發出嘈雜的機械聲音，讓人有一種恐怖的感覺。

她們兩個女生走進了升降機。

「他不在家嗎？」周靜蕾問。

「他兼職返夜班，應該不在。」孫希善說。

「其實妳想找什麼？」

「我也不知道。」

凌晨三時，孫希善想去哪？

沒錯，她想去吳方正的家。

一直以來，他也沒上過吳方正的家，每次見面，都是吳方正上孫希善的家。吳方正總是說自己的家很亂，滿屋也是雜物，又有甲甴老鼠等等不同的藉口，總是推搪孫希善，不讓她上自己的家。

有一次，孫希善生氣說要去吳方正的家看看，吳方正當然也是拒絕，不過，最後吳方正也說出了自己家的地址，好讓孫希善消氣。

「就算妳知道他住在那裡，妳又怎會有他家的鎖匙？」周靜蕾問。

此時，升降機到達六樓，孫希善推開門，回身看著她。

「我有。」在她手上帶著一條鎖匙。

早前，孫希善偷偷拿走了吳方正家門的鎖匙，複製了一條。她本來想在吳方正生日時，偷偷來到他的家佈置，然後給他一個驚喜，就好像在課室時，吳方正向她表白一樣。

沒想到，現在孫希善已經不會在他的家佈置慶祝生日，反而是要偷偷進去。

連她自己都不太清楚為什麼要這樣做，但她知道，這可能就是一個真正的……

「了斷方法」。

她的心情就好像偷看男友的手機一樣，明知會發現到什麼，又不想發現到什麼，心情非常複雜。

她把門匙插入木門，打開了一直沒到過的單位大門……

《有些關係，因為空穴來風，才會無疾而終。》

第三章——過去 PAST〈6〉

不需要開燈，單位內已經非常光亮，因為十多二十個螢光幕在發出不同的光。

「怎……怎會這樣？」孫希善臉上出現一個驚恐的表情。

吳方正不是說自己很窮的嗎？為什麼會有這麼多電腦器材與螢光幕？

「希善，妳看！」周靜蕾指著前方的螢光幕。

螢光幕都是閉路電視的畫面，十多個夜視閉路電視的畫面！

「這些……是什麼地方？」周靜蕾也非常驚奇：「你男友是不是做監視工作的？」

「我也……不知道。」孫希善皺起眉頭。

她腦海中不斷地思考，為什麼會有不同地方的畫面。畫面上寫著「LIVE」，即是全部螢光幕也正播放著不同地方的實時畫面。

「這些是……」周靜蕾拿起了手邊的一疊紙：「好像是……」

孫希善把紙張拿過來看，全都是一式兩份，一份是給客戶，而另一份是寬頻員工拿走的合約！

「不會吧……」孫希善整個人也呆了。

「你男友是做什麼工作的？」

「他主要工作是上門裝寬頻，還會兼職送外賣，有時又會在晚上做保安員……」

孫希善留意到其中一個畫面……她再次看到目瞪口呆！

她知道畫面顯示的是那裡！

畫面中……就是她自己的家！

「這是我家！」孫希善大聲說。

周靜蕾一起看著畫面。

畫面拍到的位置，是她的客廳沙發位置，這代表了……

「妳有叫他幫妳安裝寬頻接收器嗎？」周靜蕾問。

孫希善點點頭。

早前，吳方正說有個新的特惠寬頻計劃，她就轉了計劃，同時換上了一個新的接收器。

她全身起了雞皮疙瘩，出現了一種心寒的感覺！

如果她沒有猜錯，吳方正接到公司的工作，在不同的地方安裝寬頻，同時，在寬頻的接收器上，安上了……

微型攝錄機！

根本就不會懷疑接收器有問題，沒有人會去細心觀察接收器的內部，讓吳方正更順利地下手腳，他在……

偷窺著不同人的生活！

還有孫希善的生活！

「好變態！」周靜蕾打了一個冷顫。

更可怕是，孫希善一直愛著的這個男生，竟然是一個偷窺狂！她回憶起跟他一起的這段日子，就像走進了一個謊言的世界之中！

「我們應該報警嗎？」周靜蕾想了一想：「不！不能報警，我們也是擅闖民居！現在怎麼辦？」

這刻的孫希善，根本就不在意什麼報警，她腦海中只想著跟吳方正的回憶，還有……她肚內的那個胎兒！

孫希善六神無主，她無意中看到那些合約的其中一張，合約上的名字是……

張軒敬！而工作地點一欄寫著……光大中學！

吳方正知道死去的張伯住在哪裡！
她整個人也在抖顫……
她不能停止腦中想著的事件……
不能停止想著張伯的死，可能是跟吳方正有關！
……
……
…
同一時間。
一個男生正看著手中的手機畫面。
畫面中，有十多個螢光幕，還有……兩個女生……
他會在別人家安裝針孔攝錄機，又怎會不在自己家安裝呢？
沒錯，這個人就是……

《那不能接受的真相，總會超出你的想像。》

第三章——過去 PAST〈7〉

咖啡店內。

「他真的……殺了人？」姜幼真非常驚慌：「會不會是妳想多了？」

「我也不可以肯定，不過，我真的有這樣想過。」孫希善說：「之後我才知道，張伯在聖誕節根本不會放假，假設，他要完成當時的示愛計劃，張伯一定不會批准，也許……我也不知道！總之吳方正的確是一個古怪的人！」

「妳之後有問過他這些事嗎？」高斗泫問：「除了張伯的死，還有家中的偷窺行為。」

「我們再沒有見面，最後也是在 WhatsApp 分手的。」孫希善說：「我當然有問過這個衰人，他還反過來說我偷偷走入他的家，可以告我！就在三個月前，他比我更早提出分手了。」

「孩子呢？」姜幼真問。

「深圳。」

不用多說什麼，她們都明白。

「我在家的寬頻接收器中，找到了針孔攝錄機，本來我想揭發他，但到最後因為我們也擅闖民居，怕會被反過來控告，所以最後不了了之。」孫希善說。

「真的是這樣嗎？」高斗泫看著她：「還是妳對他還留有一些……『愛』？」

高斗泫沒有說錯，孫希善不想把事情弄大，她知道吳方正是真心愛過自己的，不過，她沒法接受這樣的一個古怪的男生。

所有的關係，開始很困難，不過維繫更困難，如果遇上了一個性格不合的人，就算外表有多好看也好，根本都不可能長久。

外貌重要嗎？當然重要，不過更重要的是，雙方都能夠接受對方的問題與缺點，這是最困難的相處之道。

「我只想快點結束這段關係，然後重新開始。」孫希善無奈地說：「沒想到妳會出現來找我。」

「把我騙上別人床的葛角國，還有古怪偷窺狂吳方正，兩個看來也不是什麼好人。」高斗泫舉起了杯：「雖然是很差的經歷，還好，他們成為了我們的……『前度』了。」

「妳說得對！賤男人不配跟我們一起！」孫希善莞爾，也拿起了杯跟她碰杯：「一起從新開始吧！」

「聽妳們說，你們的前度都很有問題，不過……志始根本沒有對我做過什麼壞事。」姜幼真低下頭說：「三個月前，他就突然提出分手了。」

「好了，我們都說完自己的故事，輪到妳了。」孫希善說。

「我想先聽完妳們的故事，再追查他們失蹤的線索。」高斗泫在簿子上寫著。

「我知道。」姜幼真跟她們點頭：「其實當我聽到妳們的故事之後，我覺得志始跟我的關係也算是正常，至少，他到最後要分手了，他好像比我更不捨得。」

「不捨得又怎會提出分手呢？」孫希善不太相信反問。

「或者，是我自己的問題。」她靦腆地說。

高斗泫與孫希善聽到這句說話後帶點尷尬，的確，所有跟前度分手的故事，都是前度出現問題，從來也不會說成，其實自己也許都存在問題。

「我跟他是由雪糕店開始的。」

姜幼真開始說出跟韓志始的故事。

《或者你在痛苦之中失去，同時代表已經成為過去。》

第四章——往事

BYGONE

第四章——往事 BYGONE〈1〉

擺花街一間日式雪糕店。

姜幼真在這裡工作，樣子可愛的她是雪糕店的最佳店員，經常吸引不少男生來吃雪糕，當然，來看她才是他們的重點。

「白玉紅豆雪糕，還有宇治抹茶芝士雪糕到了。」姜幼真把雪糕放下。

三個男學生吃兩杯雪糕，姜幼真不覺得奇怪，因為她知道雪糕店的雪糕真的有點貴，也許學生根本就沒有太多錢。

「姐姐，這……這個給妳的……」其中一位四眼的學生，把一封信給了她。

「是什麼來的？」姜幼真問。

「是情信啊！哈哈！」另外一位高大的男學生笑說。

姜幼真看著粉藍色的卡通貓信封：「很可愛啊！我放工之後會看的！」

「好……好……」四眼男同學不敢直視她，低下了頭。

姜幼真對著他微笑，把短髮的髮尾撩到耳朵後，男學生看到她這個動作，一起歡呼了。

她輕輕一笑，回去繼續工作。

女生有一些動作，只是很小的動作，已經可以俘虜男生的心，比如紮頭髮、咬唇、撅嘴、調整內衣肩帶、用手指觸碰嘴唇、翹腳、蹲下露出內褲邊等等，一些根本不在意的動作，反而很吸引男生。

當然，姜幼真不是刻意去做的，天生可愛的她，就有這一種吸引男生的魅力。收花、收情信她已經習以為常，而且知道要怎樣應對，不會讓客人太難看。

她回到櫃台，另一位女同事黃若婷走到她身邊奸笑：「又收到情信嗎？」

「對，是那三個男學生。」

「妳真好呢，我由出生到現在也沒收過男生任何一封情信！」黃若婷說。

「這封我給妳吧。」姜幼真把信遞給她：「當是他給妳吧！」

「有心了！幼真啊幼真，不認識妳的人都以為妳在揶揄我，不過我心領了。」黃若婷拍拍她的頭說。

此時，姜幼真看著玻璃窗的方向：「那個人……又坐了一個下午。」

在落地玻璃窗前的一角，一個看似二十七八歲的男人正看著螢光幕努力地工作，單眼皮的他，身材很高，留了一個韓系的短髮，看上去像是韓國的OPPA。

他是韓志始。

已經有一個多月，韓志始每天都會來雪糕店，有時是早上、有時是夜晚，他都會坐在同一個位置，點同一款雪糕，然後，就是埋頭地工作。

最讓姜幼真在意的是，他……一眼也沒看過自己，不像其他男生一樣，反而讓姜幼真更注意他。

「我過一過去。」姜幼真說。

她走到韓志始身邊：「先生，我幫你收起那杯北海道抹茶牛奶雪糕。」

每次，韓志始都只是吃一兩口，然後雪糕一直放著，溶化成液體。

「好的，謝謝。」韓志始繼續看著螢光幕：「那要多一杯北海道抹茶牛奶雪糕。」

「沒問題。」

他們每一天的對話內容和次數，都是差不多。有時一天會說幾次話，有時就是問有沒有充電線之類的。

韓志始一坐下來至少都有五個小時，不過雪糕店沒有規定客人坐多久，而且韓志始也不是什麼討厭的客人，姜幼真就一直讓他坐下來。

姜幼真偷看他的電腦畫面，畫面上是一些她看不懂的韓文，還有相片。

她沒有太認真去看，不過，相片都是一些血腥的畫面。

她偷偷看到其中一個視窗的標題，有一行寫著中文字……

《殺人回憶錄》。

《先要互相有好感，才有之後的身份。》

第四章——往事 BYGONE〈2〉

一星期後，下著大雨。

晚上，只有姜幼真一個人在雪糕店準備關門，店內還有一個人，韓志始。

她走到韓志始前：「對不起，我們要關門了。」

韓志始看一看她，然後再看著玻璃窗外的傾盆大雨，姜幼真跟他一起看著雨水在玻璃窗滑下。

他們好像知道對方在想什麼似的。

「好吧，我也要等雨停了才可以離開，你也可以多坐一會。」姜幼真說。

「謝謝妳。」

姜幼真已經忍不住好奇心，她坐到韓志始對面：「其實你是做什麼工作的？我看到你寫殺人……」

「妳偷看我？」韓志始用一個討厭的眼神看著她。

「不！我只是無意間看到！」

「嘿，我說笑的。」韓志始笑說：「其實我是一個翻譯員，正在翻釋一本韓國小說《殺人回憶錄》。」

「原來如此！」姜幼真高興地說：「你是韓國人嗎？」

「我媽媽是韓國人，我父親是香港人。」

就因為這一場大雨，他們開始聊天，每天都做相同工作的姜幼真，很喜歡聽韓志始的故事。韓志始在韓國出生，小時候回來香港生活，之後還有他成為翻譯的故事。

只有二十出頭的姜幼真，就好像聽著一位大哥哥說著自己的經歷，在她心中出現了一份好感。

就算雨停了下來，他們也沒有離開，一直在聊天。在色彩繽紛的雪糕店中，兩個人有說有笑，構成了一幅美麗的圖畫。

大約過了三小時，姜幼真看看手錶：「嘩！原來已經十二點！我真的要關店了，不然老闆以為我在做什麼！」

「好，我也差不多要走了。」韓志始關上了電腦：「如果妳不介意，我可以駕車送妳回家。」

「這樣……」姜幼真猶豫了一會：「好吧！麻煩你了，我先收拾一下雪糕店，你等等我！」

韓志始點頭。

關門後，他們來到停車場，韓志始駕駛的不是什麼名車，只是一輛普通的日本車，不過，對於姜幼真來說，是什麼車也沒所謂。

回家的路途，在車內播放著韓國的浪漫歌曲，他們都沒有說話，姜幼真很享受這一刻的感覺，從來，也沒有男生開車送她回家。

不，應該說，她從來也不讓其他人開車送自己回家。

很快已經來到了姜幼真的家樓下，離開前，她問了一個問題。

「其實我很好奇，為什麼你總是只吃一口雪糕，然後就放著等它溶化？」

韓志始看著她微笑：「因為我不愛吃甜的東西。」

「是這樣嗎？」姜幼真說：「好了，我回家了。」

當時，姜幼真根本不明白他的意思，不過，也沒追問下去了。

就從那一天開始，他們開始了「朋友」的關係。

韓志始還是每天到雪糕店做他的翻譯工作，當姜幼真沒工作在手時，就會去找他聊天。

有些關係，就是這麼簡單地開始，除了一見鍾情，所有的關係都是由朋友開始，直至一天，其中一方說出自己的感覺，而結果，只會有兩個。

一，是成為了真正的情侶。

二，失去這位朋友。

就因為有「二」這個結果，很多人寧願把感覺收藏在心中，不去說出自己真正的感覺。

這些人從來也不是沒勇氣，而是知道失敗了的後果。

兩個月後，他們「朋友的關係」，開始出現了變化。

《為何總是放在心理，只因非常害怕婉拒。》

第四章——往事 BYGONE〈3〉

晚上，韓志始又再送姜幼真回家，這兩個月，韓志始經常都會接送她。

車廂內正播放著一套舊電視劇《藍色生死戀II》的主題曲《從頭到始》。

「其實妳說，從來也不讓其他人開車送妳回家，是有什麼原因嗎？」韓志始問。

「因為我爸爸是在車禍中死去的。」姜幼真看著向後移動的街燈：「當時我也在車上，我跟媽媽幸運地逃過一劫，爸爸卻重傷身亡，所以我對別人開車送我回家有陰影。」

「對不起，我不知道……」

「為什麼聽到別人過去的痛苦故事，總是要說對不起？你是在拍戲嗎？」姜幼真溫柔地笑說：「其實車禍意外根本不關你事，而且已經過去了，我也長大了。」

「那妳為什麼又願意坐上我的車？」韓志始問。

「因為……因為我相信你。」姜幼真說。

在這個可怕的社會，有時要「相信」一個人，比「愛」一個人更困難。

「嘿，放心吧，我是安全駕駛大使。」韓志始自信地說：「我不會讓妳痛苦……第二次。」

姜幼真聽到他的承諾，心中感動。
「對，我的翻譯工作快完成了。」
「那你不會再來雪糕店？」姜幼真問。
「暫時吧。」韓志始轉入一個彎位：「我可能會回去韓國處理一些事，然後再回來香港。」
「是嗎？」姜幼真帶點失望。
他們沒有說話，靜靜地聽著播放的歌曲。
良久，韓志始終於開口：「你記得我說過不愛吃甜的東西嗎？」
「我記得，你現在仍然只吃一口就由得雪糕溶掉了。」
「妳……不明白嗎？」韓志始問。
「不明白什麼？」
「其實，我可以到其他咖啡店做我的工作。」
「這……」姜幼真在揣測他的說話。
「其實，我知道妳們幾點下班，但我還沒有走。」
姜幼真看著他。

「其實，我知道像那些男生一樣去騷擾妳，妳會覺得很討厭。」

姜幼真沒有說話，繼續等他說下去。

「其實，我知道我不去看妳一眼，妳總有一天會來跟我聊天。」

汽車在紅綠燈位停了下來。

「其實……」

「你一直是為了我，才會到雪糕店做你的工作？」姜幼真代他說。

「我希望在我離開之前跟妳說清楚。」韓志始定眼看著她：「其實我……一直也喜歡妳。」

姜幼真呆了，心跳加速。

韓志始從幾個月前已經留意到姜幼真，所以才決定在雪糕店做他的翻譯工作。最初，當然是被她的外表吸引，不過，慢慢地，他感覺到她的善良，她不想傷害其他男生的這份善良。

他一直心急的在想，如何開口向她說話。他不想像其他男生一樣搭訕，他在等待機會，直至，那個下雨的晚上，姜幼真跟她說話了。

「北海道抹茶牛奶雪糕、士多啤梨脆皮、夢幻新地、宇治抹茶芝士、白玉紅豆、皇室奶茶、三色焙茶、糯米糍綠豆。」韓志始笑著說：「嘿，妳知道嗎？妳們店的 MENU 我差不多懂得背了。」

姜幼真完全不敢相信，韓志始會喜歡自己。

「如果說壞一點，其實這是我的計劃。」韓志始搖頭苦笑：「對不起，我一直瞞著妳，妳不用回答我的，我只是想跟妳說出我心中的說話。」

姜幼真會很生氣？還是被感動了？

此時，紅綠燈轉成了綠色。

後面的車在響咹。

「前面的車！綠燈了！還不開車！」後方的司機大叫。

他們沒有理會他，因為他們已經在車廂內……

深深地接吻了。

《因為追求，然後接受，來到最後，變成傷口。》

第四章——往事 BYGONE〈4〉

咖啡店內。

「那個韓志始根本就是有預謀的。」高斗泫說：「他太懂捉住女生的心了。」

「對，一定是泡妹高手！」孫希善和應。

「他的確很懂我的心，志始的確有一種很自然就能吸引人的魅力。」姜幼真說。

「之後呢？他回去韓國？」孫希善問。

「我們一起了兩星期他就回去韓國了，不過，一個月後他又回來香港。」姜幼真說。

「那段時間一定掛心死了，剛剛開始，然後就分隔兩地。」高斗泫明白她的感受：「他回來後怎樣了？」

「那時是我覺得最幸福的日子。」姜幼真回憶起來：「不過，我寧願他不要急著回來見我更好。」

「什麼意思？」孫希善問。

「有時，我寧願不知道真相。」姜幼真泛起了淚光：「不可以讓幸福的時間變得更長一點嗎？」

高斗泫本想說「長痛不如短痛」，不過，對著這個比她年輕的女生，她沒有說出口。

或者，她不會明白。

姜幼真繼續說出她的故事。

韓志始回到韓國後，他們每天都有視頻見面。

最初，大家也只是在分享每天的生活，少不了那些「很想你」、「掛念你」、「快回來」的對話，慢慢地，韓志始提出更多的要求。

剛洗澡完後的韓志始，赤裸著上身，用毛巾弄乾頭髮，他那六塊腹肌若隱若現。

「我很想跟妳一起睡。」韓志始對著螢光幕說：「就像臨走前那晚一樣。」

那晚，是他們第一次上床，最快樂的一個晚上。

「我也很想抱著妳睡啊！」姜幼真說。

「我想看看。」韓志始說。

「看看什麼？」

「妳說呢。」

「不行，我怕醜啊！」

「怕什麼，就只有我們兩個人。」韓志始摸著自己的身體：「我也給妳看了，妳不想看嗎？」

「想！」姜幼真傻傻地微笑。

「那妳就明白我為什麼想看妳吧？」韓志始溫柔地說：「來吧，就讓我看看，很想妳。」

姜幼真想了一想，開始把睡衣脫下來，露出雪白的肌膚。

韓志始繼續要求她脫下內衣，姜幼真最初也很尷尬，不過，慢慢被韓志始的甜言蜜語說服了。

某些調情的說話，是讓關係變得更好的良藥。畢竟，性愛是任何戀愛關係中，不可取代的一部分，他們開始了只屬於他們的Cybersex。

也許，很多人都會說那些年輕的少女很笨，怎會在網上裸露身體給人看？其實，當一對情侶情到濃時，根本不會覺得有問題。

當然，在熱戀之時，根本就不會覺得對方是⋯⋯人渣。

在現今社會，要「相信」一個人，是很困難的事，但只要加上了「愛」，讓對方愛上你，那就可以……「為所欲為」了。

誇張了？

才不是。在各大色情網上都可以看到不少自拍的性愛影片，那個明明乖乖的少女，竟然願意讓男友拍下影片，就會明白，愛上一個人的確是可以被人為所欲為。

她們願意相信他。

願意相信一個自己愛的男人。

願意相信一個……

將會重重地傷害自己的人。

《因為你曾經的信任，背叛後會更加痛恨。》

第四章——往事 BYGONE〈5〉

一個月後。

韓志始回到香港，這次，他說至少要逗留半年以上，這樣就可以跟姜幼真經常在一起。

雪糕店內。

「幼真妳真好，每天都可以看到男友呢。」同事黃若婷看著坐在玻璃窗邊工作的韓志始：「我也想要一個這樣的 OPPA 男友！」

「給妳吧。」姜幼真微笑說：「拿去。」

「妳又來了！」黃若婷說：「真不知道妳是在取笑我，還是怎樣的！」

「我說說笑而已。」姜幼真看著工作中的韓志始：「我才不捨得把他讓給任何人。」

「超級肉麻！」黃若婷打了一個冷顫：「我去工作了！」

每天，依然有不少追求者來到雪糕店想結識姜幼真，不過，她的心已經被韓志始奪走了。

韓志始亦知道姜幼真已經是他的，就算有幾多男生來結識她，他也不會妒忌，反而有一份優越的感覺。

他那個自信的表情，就好像在說：「她是我的，你們搶不走。」

這樣幸福的日子，又過了一個月。

問題終於出現。

那天，一個韓國女生來到了雪糕店，她跟姜幼真對望了一眼，然後走去找正在工作的韓志始。

「喂喂喂，那女的是誰？很美啊！」黃若婷問：「應該有整過容吧，鼻子很高，身材又好！」

「我……我也不知道。」本來臉上掛著笑容的姜幼真，突然收起了微笑。

韓志始跟那個漂亮的韓妹聊了幾句，因為是用韓文溝通，姜幼真根本聽不懂，然後，他們兩人走出了雪糕店，在馬路旁邊繼續聊。

那個韓妹帶點激動，好像在罵著韓志始，韓志始卻像在哄她一樣。

姜幼真一直在看著，腦海中不斷出現不同的想法與畫面。

亂想，的確是女生的嗜好。

大約過了五分鐘，那個穿著短裙的女生擁抱著韓志始，韓志始也打開的雙手抱著她的腰，同一時間，他看著雪糕店內的姜幼真，臉上出現了一個無奈的表情。

姜幼真避開了他的視線，像在逃避著什麼似的。

擁抱過後，韓妹離開，韓志始回到了自己的座位繼續工作，好像什麼事也沒有發生過一樣。

「幼真！快去問他，那個女生是誰吧！」黃若婷說。

「不用了，也沒什麼，擁抱只是禮貌而已。」姜幼真用力地抹著收銀枱。

她真的不介意？才不，這只是口不對心，她整天都在想著那個女的是誰，直至晚上，雪糕店打烊，店內只餘下他們兩個人。

「收工了，今晚想吃什麼？」韓志始當作沒事發生，微笑地走到收銀枱前問。

「不吃了，今晚我想回家。」姜幼真繼續收拾。

「好，我送妳回去。」

「也不用了！」姜幼真生氣地說。

「妳怎樣了？」韓志始想了一想：「妳是在……吃醋嗎？」

「誰說我在吃醋？」

姜幼真反應很大，明顯是被說中了。

「韓尚美。」韓志始突然說出一個名字。

「什麼意思？」姜幼真看著他。

「她姓韓，韓尚美。」韓志始苦笑：「她是我的妹妹，妳不會是妒忌我的妹妹吧？」

「是……是你的妹妹？」姜幼真好像鬆了一口氣。

韓志始解釋，妹妹韓尚美兩天前也來了香港玩，她只是來找哥哥。

「如果是你妹妹，那為什麼你不介紹給我認識？為什麼她看起來很激動？然後……然後又抱著你……」

韓志始看著姜幼真，苦笑了。

《你很美，他愛上你。你老了呢？》

第四章——往事 BYGONE〈6〉

「本來尚美來香港後是跟我一起住，但她不肯，要自己住酒店。都浪費錢了，我告訴了父母，他們就找尚美罵了一頓。」韓志始說：「知道是我告發她，這個大小姐當然生氣吧，就過來罵我了。」

之後，韓志始答應所有在香港的開支也由他付賬，韓尚美才消了氣離開。

「真的是這樣？」姜幼真問。

「對，我不是不介紹給妳認識，那個大小姐很麻煩的，會騷擾到妳工作。」他說：「過兩天我已經約了她一起吃飯，妳也一起來吧，妳不相信可以親自問清楚。」

「原來……原來是這樣。」姜幼真消了氣：「如果她真的是你妹妹，真是一個大美人。」

「不是如果，她真的是我妹妹！」韓志始帶點無奈：「我在香港出生，而她是在韓國出生，她一直也住在韓國，不懂得廣東話。我一點也不覺得她美，世界上最美的人，已經在我眼前了。」

然後，韓志始把頭伸向姜幼真，吻在她的唇上。

甜言蜜語對姜幼真來說最受落。

「今晚，還去吃飯嗎？」韓志始問。

「吃！你跟我說多一點有關你家人的事，我想知道！」姜幼真說。

「也沒什麼好說的，不過，妳想知道我什麼我也可以告訴妳。」

姜幼真知道韓志始沒有說謊，她臉上再次掛起了笑容。

一星期後，他們真的一起吃飯了，氣氛非常好，韓尚美的確是韓志始的妹妹，而且她也很喜歡姜幼真，雖然要韓志始做翻譯，但整個飯局有說有笑的，非常愉快，而且姜幼真與韓尚美還交換了聯絡。

他們送韓尚美回酒店後，一起回家。

「妳妹妹真的很健談，雖然我不知道她在說什麼，嘻。」姜幼真說：「她的樣子根本就可以做明星。」

「她有想過，不過我跟爸爸都阻止了。」韓志始加速前進：「她還太年輕了，而且韓國的演藝界比香港的更黑暗。」

「你果然是一位好哥哥。」姜幼真說。

「好哥哥會有什麼獎勵嗎？」韓志始笑說。

「今晚你就知道了！」

韓尚美的出現，讓他們的關係變得更好，姜幼真覺得韓志始除了一位好男友，他還是一個對家人很好的男人，她愈來愈愛這個男人了。

直至，一個月後的某一天。

姜幼真收到了一個匿名的 WhatsApp，而 WhatsApp 的內容是……

咖啡店內。

姜幼真把手機遞給她們看，播放著一條影片。

「這……」

影片出現了女生呻吟的聲音，姜幼真立即按到靜音。

這是一條性愛影片，而且是兩男一女正在做著成年人的事。

「什麼意思？」孫希善不明白：「是誰發這片給妳？」

「等等，妳剛才說韓志始的妹妹……」高斗泫看著片中的那個女生：「不會就是她吧？」

姜幼真點頭。

「發生了什麼事？」孫希善追問：「是誰把片發給妳的？」

「是誰發給我其實不重要了，最重要是韓志始……」

「韓志始？」

「後來，我終於知道，志始除了做翻譯的工作，他更是……」姜幼真說：「一個韓國賣淫集團的成員，他會安排韓國的女生來香港……賣淫。」

《愛上幾個人渣沒問題，不過，別要一個人渣愛幾次。》

「那天，我收到那段片後，我知道那個就是韓尚美，我立即找韓志始問清楚。」姜幼真說：「最初我還在擔心韓尚美，之後韓志始終於說出了……真相。」

韓尚美根本不是韓志始的妹妹，她只是韓志始帶來賣淫的女生。因為韓尚美的手機被某個客人偷走，要挾她付款贖回手機。韓尚美不肯就範，那個人就把韓尚美手機上那些性愛影片發給了手機內的聯絡人。

當中包括了姜幼真。

不過，韓尚美的性愛影片根本不是重點，最重要是姜幼真終於知道了，韓志始一直也在欺騙她。

「韓志始明明可以再編個大話去騙妳，不是嗎？」高斗泫說。

「對，不過他決定了跟我坦白。」姜幼真說：「他說不想再欺騙我，不想用一個大話去冚另一個大話。」

「等等，妳跟她有玩過網絡性愛……」孫希善問。

「沒有，他沒有錄下來，就算有，他也沒有轉發出去！」姜幼真說：「至少，跟他分手的三個月，沒有任何事發生在我身上。」

「最後是他跟妳說分手？」

「對，其實我沒打算跟他分手，因為我想原諒他一次。而且，說真心的，他沒有對我做過像妳們前度那麼過份的事。」姜幼真說：「不過，最後他先說分手了，然後……失蹤了，或者是我當時的語氣太重了。」

姜幼真有去找過韓尚美，不過，韓尚美的手機已經停止使用，沒法聯絡。失蹤後，她一直也有找韓志始，可惜他完全沒有回覆。

如果不是韓尚美的手機被盜，姜幼真根本不知道韓志始是賣淫集團的一份子，她依然會愛著他。韓志始根本就沒有傷害過姜幼真，他只是沒有跟她說明自己「不見得光」的工作。

「不過韓志始還是有欺騙妳。」高斗泫說。

「他當時只能騙我，韓尚美是她的妹妹……」姜幼真痛苦地說：「不然，他直接告訴我事實嗎？其實他當時不告訴我，是一件對我好的事。」

從這句說話中，聽得出姜幼真早早已經原諒了韓志始，現在的她似是在替他說話。

她們兩個人都沒有反駁姜幼真，因為她們都明白她的感受。

明白她還愛著前度的感受。

她們三人沉默了下來，聖誕歌繼續播放著，杯中的飲品也喝光，高斗泫繼續在簿中抄寫著，孫希善呆呆地看著遠方的聖誕樹，而姜幼真靜靜地看著玻璃窗外的藍天。

良久，高斗泫終於說話。

「好了，我們已經分享了各自的故事。這次見面，希望可以得到互相的信任，然後我們一起去找出他們三個男生究竟去了哪裡，還有究竟發生了什麼事。」

「我們的故事，好像沒什麼有關他們失蹤的線索。」孫希善說。

「對，那三個聾啞盲人的故事也沒有解開。」姜幼真說。

「不過，我們至少……」高斗泫微笑：「多了兩個朋友。」

她們兩個也微笑了。

暫時還是沒有頭緒，不過這次見面，讓她們暢所欲言地說出了一直以來沒跟別人說過的故事。

她們都是被拋棄的一方，而且還是在差不多的時間，所以絕對明白對方的心情，甚至會為對方覺得不值。

「我們先回去想想還有什麼沒分享的內容，然後再一起追查他們的下落。」高斗泫說：「如果葛角國再聯絡我，我會立即通知妳們。」

「好的，今天就聊到這裡，我也回家找找吳方正留下來的東西，看看有沒有什麼線索。」孫希善說。

「我會嘗試繼續聯絡志始，希望可以找到他。」姜幼真說。

「好的。」高斗泫笑說：「聖誕快樂！」

「Merry Christmas！」孫希善說。

「聖誕快樂！」姜幼真微笑：「Keep in Touch。」

她們三個女生離開咖啡店，在櫃檯前的老闆跟她們三個微笑。

「希望妳們喜歡我送給妳們吃的曲奇餅。」他傻傻地笑說。

「謝謝你。」姜幼真說。

其他兩人也點頭示好。

咖啡店老闆看著三個美人兒的背影離開，眼中有一種依依不捨的感覺。

真的是……依依不捨？

咖啡店老闆回頭看著她們坐過的位置。

「媽的。」他脫下了一邊耳機：「她們……**一定有人在說謊。**」

《或者最初的一廂情願，變成最後的一刀兩斷。》

第四章——往事 BYGONE〈8〉

咖啡店的老闆走向三個女生坐過的位置，看著他送給她們吃的曲奇餅碟子。

「老闆，我……」男侍應也走了過來。

「還叫什麼老闆，人也走了。」他把桌上的碟子反轉。

在碟子的下方放了一個……**偷聽器**！

「你跟你的『真』老闆說，尾數我會下星期給他。」男人把吃剩的曲奇餅放入口中：「另外，跟他說曲奇餅真好吃。」

「知道！」男侍應開始收拾：「對，其實那三個女生發生了什麼事？為什麼你要偷聽她們的對話？」

「關你什麼事？」男人不客氣地說：「你別要跟別人說我在偷聽，後果自負，知道嗎？」

「當然不會說！」侍應說。

「另外，剛才不是三個女生，是……**四個**。」男人拿走了偷聽器，說完就走。

「四……四個？」

侍應看一看放著三張椅子的圓桌，心中寒了一寒，打了一個冷顫。

明明就是三個人，為什麼他會說是四個？

這個男人叫金敘逆，身材高挑健碩，怎看也看不出他已經四十歲。他不算是俊男，有一份粗豪男子漢的感覺。

他收賣了咖啡店的真正老闆，他的目的，只是竊聽三個女生的對話。

他究竟是什麼人？

他走出南豐紗廠外抽煙，拿出手機輸入。

「調查三個人。」

「名？」

「陳思儀、周靜蕾、黃若婷。」

「OK！」

他輸入的，不是高斗泫三人，反而是跟她們一起工作的三個女生。

金敘逆用力吸了一口煙，然後吐在手機的螢光幕之上，螢幕上是一個 IG 帳號，在推薦的版面上，全都是美女與性感尤物的相片。

有人的推薦版面全是貓、風景、汽車等等，很明顯知道，金敘逆的喜好是什麼。

他按入了她們三人的IG帳號，看著她們的相片。

「這些女生，我一定會好好調查妳們。」

從他的眼神中可以看得出，有一份痛苦與怨恨。

他一直在跟蹤那三個女生？

他為什麼知道她們會在這咖啡店見面？

他究竟又是什麼人？

電話出現了回覆訊息，訊息內容是陳思儀、周靜蕾、黃若婷三個女生的資料。

「我就看看妳們說了幾多謊言。」金敘逆收起了手機。

然後，他拿出了一張五人籃球隊的合照，而其中三人就是……葛角國、吳方正、韓志始！

他跟三個男生的失蹤有關？

在照片的背後，寫著一個人的名字。

「**From Gold Flower**」。

「**譚金花**」。

金敘逆掉了煙頭，離開了南豐紗廠，在遠處還聽到紗廠播放的聖誕歌。

他再次戴上了耳機，聽著剛才偷錄的對話內容，正好播放著那一段……

「不過，我們至少……多了兩個朋友。」

「媽的，真的是……朋友嗎？」金敘逆自言自語。

《刺下來很痛，拔出來更痛。》

第五章——賤人

BITCH

第五章——賤人 BITCH〈1〉

你曾經有真心愛過一個人？

你曾經有被一個人真心地傷害？

你曾經相信永遠？

你已經不相信真愛？

你試過想念一個人沒法自拔嗎？

他又試過痛得死去活來？

「你有幾愛，就有幾痛」。

有些人痛到會選擇傷害自己，甚至是自殺；而有些人卻會把痛變成了恨，咀咒、毒罵那個曾經傷害自己的人。

無論是怎樣，都只因兩個字……「在乎」。

因為還在乎一個人，所以想死、所以想他死。如果不在乎，誰會理會他是生是死？誰會繼續用痛苦懲罰自己？

能夠不在乎的，除非不是太愛，不然一定會經歷「痛」與「恨」。

「前度」就是已經過去的意思，但還是會有人經常掛在嘴邊，無論是「還有愛」又或是「再不愛」，那個他，依然在影響你的餘生。

因為，你們曾經真的有一起過。

因為，你們曾經真心的相愛過。

……

…

．

一間簡陋的辦公室內。

金敘逆看著手機的新聞報導。

「突發！戀愛專欄作家文漢晴，今晨被發現倒斃家中，懷疑因為早前被揭發偷食而服毒自殺。網上評論兩極，有網民甚至大叫死得好，大快人心……」

「又一個。」另一個男生一起看著他的手機：「最近好像『活躍』了很多。」

這男生叫姜爵霆，二十四歲，樣子俊逸，外表已經是明星相，他那個韓系心形瀏海髮型完全配合他的青秀臉形，迷倒不少少女。

他是金敘逆的助手，就是他協助調查陳思儀、周靜蕾、黃若婷三個女生的資料。

「你這麼多女朋友又不見你自殺？上天真不公平。」金敘逆放下了手機。

「等等，逆大哥你是不是有什麼誤會？我現在是單身的，那些女的都只是朋友。」姜爵霆跟他單單眼。

「朋友可以上床？」金敘逆摸摸自己的鬚根。

「我沒有強迫她們，全都是自願。」姜爵霆笑說：「大哥你別這麼守舊吧，為什麼一說到上床就好像女生蝕底？我們男生也用很多力氣呢。」

「你去死吧。」

金敘逆拿起桌上的筆掉向他，姜爵霆接著，還擺出一個有型的姿勢。

「我去找陳思儀，你找其他兩個。」金敘逆說。

「為什麼我兩個？你一個？」姜爵霆說：「我今晚約了朋友吃飯！」

「約朋友吃飯還是上床？」金敘逆用手捏住他精緻的下巴：「你問我為什麼？因為你……靚仔。」

姜爵霆本來想拒絕，聽到逆大哥讚自己，臉上出現了自信的笑容，只有年輕人才會有的笑容。

養一下！」

「我靚仔嗎？沒問題，包在我身上！」他說：「逆大哥，我都說過外表很重要吧，你也保

「我看你到我這年紀還會不會這樣說。」金敘逆看著桌上的一張合照：「人生有太多的事要忙，什麼保養只是在浪費時間。」

「你才四十歲，別要說到自己七老八十！」姜爵霆笑說：「對，最近有間男士美容店請我去試做，我帶你去吧！」

金敘逆沒有回答他，再次拿起另一支筆。

「得得得！我現在出發！別要掉我！」姜爵霆說完後就離開辦公室。

「唉，真不知道為什麼我當初要請他。」金敘逆在自言自語：「因為……靚仔？嘿。」

他再次看著那個專欄作家的報導。

「什麼服毒自殺？根本就是……謀殺。」

金敘逆看著報導提及的毒藥資料，香港根本沒法入口，普通人，甚至是醫生也不可能買到。而最近半年的藥物死亡案中，有三單都是用相同的毒藥。

是巧合？

才不是。

「好吧，我也要出發了。」他說。

他這間公司究竟是做什麼生意？

他為什麼要調查這些女生？

《或者某某還是很愛你，但不等於還要在一起。》

第五章——賤人 BITCH〈2〉

一間露天咖啡店。

金敘逆約了陳思儀來到這裡，而他約她來的原因，就是……

「妳的父親。」

「對不起，我不明白你的意思。」陳思儀凝重地說。

金敘逆把手機遞給她看，陳思儀看到後瞪大了眼睛。

手機畫面是一張男犯人的相片，他穿著囚犯服，目無表情。他是五年前一宗姦殺兒童案的犯人。

「你……你是什麼意思？」陳思儀收起了笑容，非常驚慌。

「如果被人發現這個一直被聲討的變態殺人犯是你父親，我想妳應該連工作也沒了，而且也沒什麼人會再願意請妳。」金敘逆說。

「不要！」陳思儀拿起了手機，想刪除那張相。

「妳刪除也沒有用，我打出一個電話通知某些人，就可以把妳的人生摧毀。」金敘逆說。

「根本不是我的問題！是那隻賤狗做的！不關我的事！」陳思儀變得激動。

「是這樣嗎？一定會有很多 KOL、YouTuber 為了得到更多關注和訂閱而大作文章。姦殺兒童犯的女兒，很快就會被塑造成惡魔女兒，妳只會成為被網民攻擊的對象。」金敘逆奸笑：「到時，妳就算自殺，都會跟你父親一樣……死有餘辜。」

陳思儀瞪大了眼看著他，她自己最清楚社交平台的可怕，是不是真實不是重點，多人留意才重要。要多人留意，就只有讓「好人變得更好、壞人變得更壞」。

「等等，我又未放出你身世的資料，妳在怕什麼？」金敘逆點起了煙：「只要妳回答我幾個問題就好了。」

「你……你想知道什麼？」陳思儀說：「在他犯案之前幾年，我已經跟他斷絕了關係！」

「誰說要妳的賤狗父親資料？我是想知道更多有關……高斗泫的事。」

「高斗泫？」

陳思儀聽到了她的名字，好像鬆了一口氣，因為她不是金敘逆的目標。

「為什麼要知道她的事？」她問。

「問問題的人是我。」金敘逆說：「妳是高斗泫最好的朋友兼同事，而且還要住在一起，我想知道她的為人如何。」

陳思儀沒有說話。

「妳知道如果不說，會有什麼後果吧？」金敘逆繼續威脅她：「還有，別要說謊，我會知道的。」

「她是一個……貪慕虛榮的人。」陳思儀說。

「怎說？」

「她曾經為了錢，去破壞別人的婚姻。」陳思儀低下頭說。

有一次，一位大客戶兩夫妻來到她們的化妝櫃檯，買大量的化妝品。他們是國內十大網購公司之一的老闆。很明顯，他們是想大手買貨轉賣，高斗泫跟那個有妻之夫搭上了。

「後來那個男人為了泫泫想離婚，不過她反而說要結束他們的關係。」陳思儀說：「最後那個男人被人發現，家破人亡，身敗名裂。」

「那個女人沒有找上高斗泫？」

陳思儀搖搖頭：「她根本不知道那個人就是泫泫，那個男人為了保護她，完全沒有說出跟自己偷情的人，就是泫泫。」

高斗泫不只是偷情，而是「偷心」，看來那個男人是真心的愛上了她，就算身敗名裂也想保護她。

金敘逆笑了。

首先，他很奇怪，陳思儀直接就說出了高斗泫做過的「壞事」，陳思儀是為了自保？她們之間一定有問題。

而讓金敘逆更高興的是……

陳思儀口中的高斗泫，跟高斗泫自己說的故事……

完全是兩個不同的人！

沒錯，誰都會說「前度」是壞人，而自己都是受害者。

這就是愛情的……「羅生門」。

《明明自己身邊很多朋友，卻依然覺得孤單。》

第五章——賤人 BITCH 〈3〉

擺花街雪糕店，黃若婷剛下班離開。

她走過後巷準備坐車回家，就在後巷她聽到了貓叫聲，養貓的她會特別留意到貓叫。

「為什麼有貓的？」

她走向貓叫的方向，在一個大型垃圾收集筒旁邊，看到了一個飛機籠，貓的叫聲就是從那裡傳來。

「陰公，是誰把你放在這裡？」黃若婷蹲了下來，看著可憐的小花貓。

此時，突然有一個男生緊張地走了出來大叫：「小花子！小花子！」

黃若婷回頭看著他，同一時間，他發現了飛機籠。

「小花子原來妳在這裡！」他高興地說。

黃若婷呆了一樣看著他，因為他樣子非常英俊，她的視線完全沒法移開。

「這花貓……是你的？」黃若婷問。

「對！我父母說不能在家養貓，就把牠連同貓籠掉了！」男生打開貓籠，把可愛的花貓抱起：「幸好找到了妳！小花子，我很想妳！」

不只是英俊，而且很有愛心，黃若婷的心跳得很快，沒想到會遇上這樣的一個男生。

這個男生是……姜爵霆。

「我不能把牠帶回家，怎麼辦？」姜爵霆的表情非常痛苦。

「其實我有養貓的，你……你不介意可以暫托在我家。」黃若婷問。

姜爵霆用一個迷人的眼神看著她：「真的可以？」

「對！」黃若婷用力點頭。

「太好了！這是緣份！」姜爵霆說：「我找到新地方搬走，就會取回小花子！」

「不過，現在先要買些幼貓食用的糧，你應該不會帶在身吧？」黃若婷抱過了小花貓：「附近有間寵物店。」

「我知道！沒問題，我們一起去吧！」

他們把小花貓放回籠中，離開了後巷。

姜爵霆在她的身後，暗笑了。

他在調查黃若婷的資料時，看到她加入了幾個貓的專頁，很明顯她是一個愛貓之人。

要進入一個人的世界，最簡單的方法就是投其所好，加上，英俊的外表，姜爵霆根本沒想過自己會失敗。

金敘逆要他做的事，也許可以非常順利地完成。

……

……

．

兩天後的早上。

金敘逆得到了陳思儀給他的高斗泫資料，他正在思考著。

此時，公司的大門打開，姜爵霆回來了。

「真失敗。」金敘逆喝了一口咖啡：「又說什麼泡妹達人，現在不也是失敗而回？」

「逆大哥，我又怎知道那個周靜蕾不喜歡男人的？」姜爵霆坐下來打了一個呵欠：「就好像一個男人去引誘你，你也不為所動吧。」

「藉口。」金敘逆說。

此時，姜爵霆把手機掉給金敘逆。

「怎樣了？」金敘逆接著手機。

「你真的要加我人工，我這個得力助手。」姜爵霆說。

金敘逆看著手機的畫面。

「嘿，看來愈來愈精彩了。」金敘逆整個人也精神起來。

畫面是一張偷拍到的相片，是由黃若婷拍的。

相片中的一男一女牽著手走在路上，女的是……姜幼真，而男的是……

吳方正！

孫希善的前度男友吳方正！

「另外那個周靜蕾，我沒法在她身上得到資料，怎辦？」姜爵霆問。

金敘逆自信地說：「放心，我已經交給了『比你更有用』的人。」

《你不懂我，就如我不怪你一樣，清楚明白。》

第五章——賤人 BITCH〈4〉

Elizabeth Love 時裝品牌大樓。

周靜蕾來了這裡做採訪，採訪的對象就是主理同名品牌的創辦人，Elizabeth Love。在短短十五年間，Elizabeth Love 成為了國際品牌，品牌的獨特剪裁及融合中西元素，成為了品牌的賣點，是中上流人士的最愛。

這位品牌創辦人在十五年前就只有二十三歲，她在時裝界中享譽盛名，是很多設計師及企業家學習的對象。

當然，時裝雜誌社的編輯周靜蕾，也是其中一位仰慕者，她想跟這位創辦人做訪問很久，卻一直被婉拒，今天她非常高興可以跟她做這次的訪問。

採訪來到最後。

「金敘依小姐，謝謝妳接受我們雜誌的訪問，能否拍幾張相片？」周靜蕾拿出手機：「我也想跟妳合照！我是妳的小粉絲！」

「沒問題。」她微笑說。

金敘依穿上了一條粉藍色的連身裙，高貴又漂亮，捲曲的髮型跟連身裙的剪裁非常配合，她成熟的外表，卻有一種少女的氣息，不只是男人會被她吸引，連女生也會。

包括了周靜蕾。

拍攝完後，攝影師先離開，俯瞰維多利亞港的辦公室內，只餘下周靜蕾與金敘依。

「金小姐那我也走了，謝謝妳接受我們的訪問。」周靜蕾說。

「今晚，有約人嗎？」金敘依看著她說。

「什……什麼？」周靜蕾非常驚訝。

「難道妳覺得我看不出嗎？」金敘依走向她，用修長的手指把周靜蕾的短髮撩到耳背後：

「今晚來我家，我跟妳聊聊我在時裝界不為人知的經歷。」

「好！我放工過來！」周靜蕾明白她的意思。

金敘依輕輕捉住周靜蕾的手，吻在她的臉上：「別要跟其他人說，妳明白吧？」

「我知道。」周靜蕾笑說：「秘密。」

周靜蕾離開後，金敘依打出一個電話。

「今晚約了她。」她看著落地玻璃外的維港風景。

「很好，妳知道怎樣做吧？」

「當然，我也想知道……『真相』。」金敘依說：「為我的二哥查出真相。」

她打出的電話，接聽的人是她的大哥……金敘逆。

……

…

．

第二天早上，金敘逆的辦公室。

「逆大哥，真的不明白你這個人，竟然有個這麼漂亮的妹妹！」姜爵霆看著金敘依說：「敘依小姐，妳好！我在很多訪問見過妳，妳真人比上鏡更漂亮！」

「哥，你這個不修邊幅的人，怎會請到這個俊男？」金敘依優雅地笑說：「來幫我手，做我們服裝 Model 吧。」

「好了好了！你們兩個真是，我這種叫男人味，你們懂什麼？」金敘逆走到白板前：「別說廢話，現在來匯報收集到的資料！」

白板上，貼上了高斗浤、孫希善、姜幼真，還有三個前度葛角國、吳方正、韓志始的相片。然後，就是他們調查的陳思儀、周靜蕾、黃若婷，還有其他人的相片。

「依，昨天妳得到什麼情報？」金敘逆問。

「那個女的床上功夫還不錯。」金敘依點點自己的紅唇。

「我不是問妳……」

「孫希善落的小孩，不是吳方正的。」金敘依說。

「什麼？！」

《有種勇氣叫勇敢地放棄。》

第五章——賤人 BITCH〈5〉

七個月前。

一所高級的 Omakase 日本料理餐廳內，三兄妹包起了整間店。

「這鯛魚刺身太好吃了！果然是東京米芝蓮的姊妹店！」二哥大讚。

「我的推介不會錯的，我在日本也吃過這店。」三妹說。

「媽的，有什麼特別？什麼廚師發辦？明明就可以自己想吃什麼就叫什麼，為什麼要他決定？真白痴。」大哥看著那個日本師傅不滿地說，當然，日籍的師傅聽不懂他說什麼。

「大哥別這樣！只是想請你來吃好東西！」二哥說。

「我寧願吃雲吞麵更好。」大哥把一塊厚切拖羅隨便地放入口中，完全沒有細嚐：「小時候我們很窮，三個人吃一碗雲吞麵，你們記得嗎？」

「怎會忘記？那個雲吞麵店的老闆，總是給我們多一粒雲吞。」三妹說：「然後，大哥只吃一粒，二哥吃兩粒，而我……」

「真不公平！依妳總是吃三粒！」二哥說。

三妹就是金敘依。

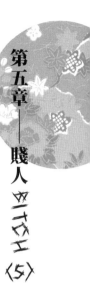

「因為大哥一直也很疼我，不是嗎？」三妹用肩膊碰碰大哥。

「我就知妳喜歡吃，才給妳多吃一粒。」大哥喝了一口清酒。

「如果當時翰你也分給我，我就可以吃四粒了，嘻！」金敘依高興地說。

「妳就想！」

金敘翰是二哥，三十九歲，他總是喜歡穿西裝，跟他大哥隨便就可以穿上身的風格完全不同。看不出金敘翰快要四十歲，他樣子俊俏，有一雙大眼睛。

「沒想到我們三個窮家子弟，有今天的成就。」大哥把杯中的清酒一喝而盡。

他就是金敘逆。

敘依是知名時裝品牌的創辦人，敘翰是電車充電站的老闆，電車愈來愈流行，他的事業如日方中，而敘逆經營加密貨幣交易所，二十四小時交易量有八億美元以上，位列全球四十八位。

「如果爸媽還在，一定會很欣慰。」金敘逆看著兩個弟妹：「現在我們擁有的，吃一世雲吞麵也吃不完。」

「放心，他們兩老在天上會看到的。」敘依倒出了酒：「乾杯。」

他們三兄妹碰杯。

「我不會忘記小時候第一次失戀的事。」敘翰轉移了話題。

「你又來了。」敘依苦笑：「都過了十萬個世紀。」

「我怎會忘記？」敘翰像小朋友一樣扁著嘴：「被自己的親生妹妹搶了女友！是侮辱！根本就可以拍成電影！」

「是你當時完全不細心，連女朋友生日都忘記，我才可以乘虛而入呢。」敘依自信地說。

「乘虛而入？妳認了嗎？不，妳應該是橫刀奪愛！」敘翰指著敘依：「大哥，你來評評理！」

「我沒意見。」敘逆托著頭說：「翰你經常換女友，我不覺得你真的有愛過她。」

「哈！大哥說得好！」敘依和應他。

「我全部都愛！」敘翰說。

「上完床就不愛了。」敘依說。

「嘿，給我一個五。」敘逆說。

他們兩兄妹擊掌。

「豈有此理……嬲你們！」

雖然他們在說敘翰的壞話，不過可以看得出，他們三兄妹關係很好，他們曾經一起捱苦的經歷，沒有人可以取代，他們甚至可以為對方而死。

可以為對方做任何的事，包含了……

報仇。

《通常，等到上癮才會想戒掉。》

第五章——賤人 BITCH〈6〉

敘依有個重要電話，走出了日本料理餐廳接聽，現在只餘下他們兩兄弟。

「我聽依說，你最近搭上了一個有男友的有錢女。」敘逆問。

「你說譚金花？」敘翰問：「這個女的我很喜歡，應該是我人生三大最愛的女人之一。」

「愛你個死人頭，上次那個什麼敏玲你不也是這樣說嗎？」敘逆說：「你自己要小心。」

「大哥，你真不明白什麼是愛。」

「你才不明吧。」

究竟是一個經常換女友的男人懂得愛？還是一個沒太多戀愛經驗的男人明白什麼是愛？或者，沒有真正的答案，不過，有一句名言是這樣說的。

「沒有情人的情人節，才能真正感受到情人節的氣氛。」

「總之你自己小心，別要玩出火。」敘逆說。

「知道了大哥。」

真正的「兄弟」，不會叫你收手，只會叫你要「玩得小心」，就好像如果其中一方殺了人後，他們不會報警，而是選擇一起去……埋屍。

「你跟依沒有駕車來吧？我買了一架新款 Audi R8，今晚載你們回去！」敘翰說。

「白色？」

「果然知我心！」

然後，他們又再乾杯了。

……

……

……

一個月後。

九肚山一所洋房對出的露天停車場，一輛全白的 Audi R8 起火。

火勢愈燒愈猛，直至出現了爆炸的巨響！價值三百多萬的名車，變成一堆沒用的廢鐵。

駕駛名車的司機被炸到支離破碎，他那個被燒焦的頭顱飛到馬路之上，面容已經被燒到分不清是誰，面容腐爛，眼球也掉了出來。

他是……金敘翰！

事件發生後一星期，停車場內，已經變成了廢鐵的名車，還未被拖走。

一個男人走到停車場，看到那架「廢鐵」。

他是金敘逆。

「這不是意外。」他握緊拳頭自言自語：「翰，大哥一定會幫你找出真相，然後……殺了那個**賤人**！」

辦公室內。

「孫希善落的小孩，不是吳方正的。」敘依說。

「什麼？妳怎知道？是周靜蕾跟妳說？」爵霆問。

「嗯，酒後吐真言，不是嗎？」敘依說：「因為吳方正是個怪人，孫希善找了另一個人安慰，結果就出事了。」

敘逆沒有說話，他在思考著。

「那未出世的小孩真正的父親是誰？」爵霆問。

「一個女生，對愛情迷惘之時，會跟誰傾訴？」敘依問。

「身邊的朋友吧。」爵霆說。

「當然，不然周靜蕾不會知道這麼多的事。不過，當身邊的朋友也沒法解答她的愛情問題，又或是只會說『跟他分手』吧，這些沒有建設性的答案已經不能滿足她，她會選擇一個不認識又可以回答到問題的人。」

「是誰？敘依姐，快說吧！」爵霆心急地問。

「戀愛專欄作家。」敘逆看著白板上孫希善的相片。

「我哥真聰明。」

那個把孫希善的肚弄大的人，就是……

戀愛專欄作家文漢晴！

剛剛死去的文漢晴！

《再問下去，答案的確會出現。不過，別妄想答案會改變。》

第五章——賤人 BITCH〈7〉

「嘿，愈來愈有趣了。」敘逆奸笑：「現在可以非常的肯定，三個女生都在說謊。」

他反轉了白板，開始寫著。

「陳思儀說高斗泫是一個不擇手段的女人，她還說在那天遊艇上，是高斗泫勾引那個周總。」敘逆寫著。

「不是周總下藥迷暈了她？」敘依問。

「剛好相反，拍片是女方，是高斗泫用來威脅那個周總的。」敘逆說。

沒有人會想到事情是這樣，在床上發生的事總是「男人的錯」，其實，不是完全這樣，有時，有機心的女生比男生更可怕。

敘逆寫出三個女生的謊言。

高斗泫，說自己是被周總迷姦，而計劃這一切的人就是她的前度葛角國。他的同事陳思儀卻說是她自拍了性愛影片，用來威脅周總，欺詐他的錢。

孫希善，那個被她打掉的胎兒是偷窺狂前度吳方正的。不過，從周靜蕾的口中得知，其實真正的父親是戀愛專欄作家文漢晴，而文漢晴已經服毒自殺。

姜幼真，感覺是一位善良的女生，說自己還很在意前度韓志始，卻其實在跟孫希善當時的男友吳方正偷情，被公司的同事黃若婷拍下了相片。

三個女生的前度都在同一星期跟她們分手，同時已經失蹤了三個月。在她們的口中的「前度」，某程度上都是人渣，葛角國欺騙高斗泫要她跟別的男人上床、吳方正被發現是寬頻偷窺狂，還有，韓志始是韓國賣淫集團的成員。

很明顯，每個人說出的故事，都會為自己有利的方向、自身的利益，說出有利於自己的版本，這就是……「羅生門」。

是誰在說謊？為什麼要說謊？還是她們所說的才是真事？

暫時，根本就沒有人知道。

「逆大哥，其實我一直都不明白，如果要調查那三個女生，為什麼不直接調查她們呢？反而要向她們的朋友同事下手？」爵霆問。

「因為我不能打草驚蛇。」敘逆說。

「什麼意思？她們都只不過是三個互不認識的女生。」爵霆問。

「不，我們調查的，不只是她們三個，而是……」敘依看著敘逆。

他點點頭。

「而是整個『組織』。」敘依繼續說。

「所以，不能直接調查她們三人，先要從她們的朋友下手。」敘逆說：「現在可以更加肯定，之後要調查她們，而且要非常小心，不然可能會死在『那個組織』的手上。」

「組織？」爵霆不太明白。

「你沒跟他說的嗎？」敘依問敘逆。

「我就是怕他口疏。」敘逆說：「所以只說了一部份的事給他聽。」

「等等！」爵霆走到門前，指著公司的招牌。

「**失蹤人口調查組**」。

「不是嗎？我們不是調查失蹤人口？不是在調查她們三個失蹤的前度？」爵霆問：「逆大哥！我也跟你工作了一段時間了，你還不相信我？快跟我說出事實吧！」

他們兩兄妹對望了一眼，好像已經有共識。

「我這間公司根本不是什麼失蹤人口調查組，而是要調查……」敘逆說：「我弟弟的死。」

爵霆聽到呆住了。

問題是，那三個女生為什麼會跟金敘翰的死有關？

《當有人說「相信我」時，更加不要相信。》

第五章——賤人 BITCH〈8〉

車輛爆炸的那個晚上。

醫院停屍間。

「依，妳別過去。」敘逆說。

「但……」

「不要！」敘逆緊握著拳頭。

他的眼神非常堅定，敘逆不想她看到敘翰的屍體，敘依明白他的意思，點頭。

敘逆來到了敘翰屍體前，屍體被白布遮蓋著。

「他的屍體已經支離破碎，還要被燒焦，頭顱也被炸爛，其實已經分不清本來的樣子。」停屍間的主管說：「你真的要看嗎？」

敘逆沒有說話，他點頭。

主管開揭開了白布，敘逆看到自己弟弟的屍體，的確，跟職員所說一樣，他眼前就只有一具被燒焦的屍體。

敘逆從來沒有這樣痛苦過，他整個人坐到地上，眼神空洞。

然後，他的淚水已經不禁流下，他雙手用力掩著自己的嘴巴，不讓自己哭出聲音。

他跟敘翰小時候的回憶不斷出現在腦海，世界上，沒有一個人比他的弟妹更加重要，完全沒有。

如果可以，他寧願死的人是自己！

現在最大的問題是，為什麼會發生這麼嚴重的意外？

就算是一輛汽車失火，也不會導致這麼嚴重的爆炸，當中一定有什麼原因。

諷刺的是，之後的死因報告中指出金敘翰是死於……「意外」。Audi R8 起火原因，是因為在車尾箱中放了大量的易燃爆炸物品，之後因為起火發生爆炸。

警方質疑為何車上有這些非法的爆炸物品，而金敘翰的保險受益人，就是金敘逆與金敘依。

他們反過來被懷疑，是否跟自己弟弟的死有關。

當然，敘逆與敘依知道，警方只是在找一個錯的調查方向，最後在沒有任何證據之下，草草了事。

敘逆絕對不能接受以「意外」去結案，他不再相信警方，他要跟敘依查出敘翰死亡背後的真正原因！

有錢使得鬼推磨，他們得到 Audi R8 爆炸時，停車場閉路電視拍下來的畫面。一個帶著鴨嘴帽的女生在對面馬路，看著汽車爆炸的整個經過。

本來，女生看到爆炸後報警是正常不過的事。不過，在爆炸前的一分鐘畫面，那個女生來到了對面馬路，然後停下來，再看看手錶，一分鐘後敘翰的汽車爆炸，女生打出電話。

敘逆調查過，那個電話不是報警，而是打去一個儲值卡號碼，而號碼已經在當晚之後停機。

像不像……**早有預謀？**

先來到目標地點，看著獵物死亡，看手錶確定死亡時間，然後爆炸，再打出電話報告完成任務……

「她在說什麼？說什麼？！」敘逆對著螢光幕大叫：「放大！放大畫面！」

那個畫面技術人員依照他的說話去做，因為女生帶上了鴨嘴帽，沒法確定她的身份，不過，在超慢鏡頭的修復畫面中，敘逆看到那個女生的口形在說……

「**Excuse Me，天使已死**。」

「這是什麼意思？！」

《或者你心有分數，其實你劫數難逃。》

第五章——賤人 BITCH〈9〉

譚金花。

敘翰死前最後一位女朋友，更正確的說，是最後一個偷情的對象：譚金花，是一位富家女，而她的男友也是富二代。

那晚，敘翰最後打出的一個電話，就是凌晨時間致電給譚金花。

她非常有可疑。

譚金花性格開朗，非常討好，因為她也是有錢女，她不像其他靠近敘翰的女生只是為了錢，敘翰非常喜歡她。

敘逆也認識這個女生，在籃球街場，敘翰帶過她來看自己打籃球，她就在場邊拍攝相片，敘逆手上的那張五人籃球隊的合照，就是她拍下來的。

金敘逆、金敘翰、葛角國、吳方正與韓志始，五個人。

本來，敘逆與敘翰不認識他們三人。不過，因為跟隊需要五人一隊，葛角國、吳方正和韓志始就邀請了金家兩兄弟一起加入。

「翰，加油！」譚金花在場邊大叫。

敘翰給他一個讚的手勢。

當有女生在場邊，男生就會特別認真與落力。這次是敘逆他們跟三個男生第一次合作，不過，卻奇怪地非常有默契，最後連贏了幾場比賽。

「你們很厲害！」角國走到敘逆他們身邊，跟他來了一個Give Me Five。

「哈哈！我們兩個寶刀未老！」敘翰說：「你們出手也很準！」

「看來你們應該是兩兄弟吧，外表有點像！」方正說。

「對，你看出來了。」敘逆的汗水滴下。

「有時間再一起打過吧！」志始說。

「好，下星期吧。」敘逆說。

或者，女生未必會明白，男人在球場上，連對方的名字也不知道，不過，就是有一份惺惺相惜的感覺。

「好吧，你們來一張合照！五人連勝組！」金花拿起了一部即影即有相機，拍下了五人的合照。

她在相片後寫上了「From Gold Flower」，她拍了兩張，其中一張給了他們三人。

之後的幾星期，他們都有來打籃球，沒有約定，定時定候就會出現在球場上。

金花拍了很多他們五個男人在籃球場上奮戰的相片與影片，然後他們開了一個籃球的WhatsApp Group，方便把相發給他們。

當時，根本沒人會想到，交換電話號碼後，會出現的問題。

某天的晚上，金花收到了三個男生之中，其中一個的私訊，他們開始聊了起來。

金花不是已經有男友？而且還跟敘翰偷情？

不，年輕的少女，誰不想吸引更多的男生？又不是要有什麼關係，只是想認識更多的朋友。

他們開始了私下的聯絡。

這代表了，金花已經走進了他們的生活圈子。

有試過嗎？

在FB、IG等等社交平台中，會無意中發現，原來誰跟誰是朋友、誰跟誰有什麼關係等等，因為很多人也會公開自己的生活。

然後，她走進了……「她們」的生活圈子。

《世界很細才讓你們遇上，失去後才發現世界很大。》

第五章——賤人 BITCH ⟨10⟩

辦公室內。

爵霆看著白板上的文字：「逆大哥原來你認識那三個男生，但我不明白，你說你弟的死跟那個譚金花有關，但譚金花又跟其他三個女生有什麼關係？為什麼你要偷聽她們的事？」

「因為我們發現譚金花分別跟高斗泫、孫希善、姜幼真都是互相認識，在IG的好友中可以找到。」敘逆說。

為什麼敘逆IG的推薦板面全都是美女與性感尤物相片，不是因為他喜歡看，而是他在調查跟譚金花有關的人。

「我更不明白了，好吧，就當你知道三個女生跟譚金花有關，你又怎知道她們是你三個波友的女友呢？」爵霆回想著：「她們三個女生根本就不知道對方的存在，你卻知道？」

「我愈來愈喜歡你的員工了，腦袋很清晰。」敘依莞爾。

「你有聽我在咖啡店的錄音嗎？」敘逆問。

「當然有！」爵霆說。

「我最後說什麼？」

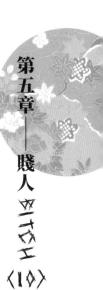

「你說……你說……」爵霆想了一想：「不是三個女生，是四個！」

「就是『第四個』女生，跟我說他們有關係。」敘逆說。

「什……什麼？」

爵霆想起了全程的錄音，就只有三把聲音，根本不存在「第四個人」。

「不會吧……」爵霆心寒了一寒：「逆大哥你不是說鬼魂吧？」

「好了，要跟你說的都說完了。現在已經知道三個女生中有人說謊，把自己說成受害者似的。其實他們之中，我覺得有人是那個『組織』的人。」

「什麼組織？」

「那個讓三個男生失蹤的組織。」敘依說：「同時，也是殺死我二哥的組織。」

「算了算了，我不再問你們了。」爵霆坐了下來：「你們愈說我就愈多問題，我不問了，逆大哥你要我做什麼就做什麼吧。」

「激將法嗎？我不是不想跟你說清楚，而是你知道愈少愈好。」敘逆說。

「你又怎知道呢？可能我知得少反而更加危險！」爵霆反問：「我一直也幫你工作，也沒有半點怨言……」

爵霆有點像小朋友的賭氣，帶點不忿。

「哥，我覺得他信得過的，而且爵霆也說得對，知得愈少未必一定是愈好。」敘依說。

「妳別要被他的英俊外表騙到。」敘逆說：「好吧，好吧，生得靚仔真的有著數。」

「當然！」敘依與爵霆一起回答他。

敘逆搖搖頭說：「你說得對，直接調查三個女生可能比較快得到答案，但問題是我們不知道誰在說謊，如果貿然調查她們，一定會被發現，所以才會向她們的朋友與同事下手。」

爵霆認真地聽著他說。

「『說謊』的人不只是一個個體，而是跟一個組織有關。」敘逆說：「而這個組織存在了很久，不過卻沒有被公開，就是因為他們的勢力大到跟警方、媒體，甚至是政府有利益關係，才不被發現。」

「是什麼組織？」

敘依走到他耳邊輕聽地說。

「什麼？！」爵霆瞪大了眼睛。

敘依看著他俊俏的臉蛋，再說一次：「這個新興的組織叫……」

「**前度暗殺社**」。

《你放下了嗎？就見一次面試試。》

第六章——前度暗殺社

EX KILL ME

第六章——前度暗殺社 EX KILL ME〈1〉

什麼是「愛情」？

或者，你去問一個戀愛過一百次的人，也沒辦法給你真正答案。

了解「愛情」，從來不是跟次數有關，就算你只愛過一個人，也許你比那個多情的人更明白什麼是「愛情」。

大部分「愛」，都取決於人類的負面情緒。

什麼意思？

比如你會為一個人心痛、你會很想自私地佔有、你會出現妒忌與猜疑、你會因為想念一個人而做出愚蠢的行為，你甚至會傷害自己。

當你發現，為了某個人，你會用感性去做一些應該要理性面對的事情時，你就是「愛」一個人。

失戀嗎？如果以理性去看，很簡單，就只需要找下一個，然後再重新開始。

但感性不會讓你重新開始，你會因為失去一個人而痛苦、落淚，你會久久也不能抽離那些跟他曾經一起的畫面。

你會傷害自己、你會懲罰自己。

很笨嗎？

的確，很笨。

不過，每一個曾經真正「愛過」的人，也感受過這些不理性的感覺。

而在痛苦到一個不能自拔的程度，傷害自己也不足夠時，就會變成了另一種更徹底的感受。

你會開始「恨」一個人。

怨恨、憤恨、仇恨、憎恨、痛恨、悔恨，會讓「恨」這個字代替了「愛」，把曾經深愛的人恨入骨髓。

什麼是「愛情」？

曾經有多愛一個人，就有多恨一個人。

你有多恨他，你有多放不低，就代表了，你有幾愛一個人。

一個曾經深愛的……**前度**。

當有一天，你突然記起曾經每天會想起的那個人，原來已經很久沒有想起，那才是真正的放下與忘記。

可惜，你還沒。

你還未放低那個叫「**前度**」的人。

辦公室內。

我看著手上的資料，眼睛有點模糊，我用力地搖頭，好讓自己保持清醒。

「我應該有三天沒有好好睡過。」我在自言自語。

不，更正確來說，我這一年，沒有一天好好睡過。

我手上的資料與人物關係，複雜過一套連續劇。我有時會覺得，我是不是在寫著一本懸疑愛情小說？

「**大哥，你真不明白什麼是愛。**」

我記得，翰曾經跟我說過這句說話。的確，或者我真的不明白什麼是愛，不過，我的的確確、真真實實有愛過。

我不需要明白，我只需要感受。

直至現在，我也清楚的感受得到。

我看著桌上我跟她的合照。

「結央，如果妳還在，妳說多好呢。」

一切調查，不是由翰的死開始，而是由……**優結央**的死開始。

一個讓我知道什麼是「愛」的女人。

兩年前，我們在一架前往維也納的火車上認識。我當時去參加一個加密貨幣的會議，而她一個人去維也納旅遊。

或者，選擇不坐飛機而選擇坐火車的人，都有相同的想法，希望這一趟是特別的旅程。的確，是很特別的，我們兩個香港人在火車遇上了。

我不會忘記，我們首次對望，然後她問我的第一個問題。

我拿下了耳筒，她笑說：「請問中環站是下一站嗎？」

當時，我只有苦笑，我想整架火車除了我們兩人外，沒有一個人知道哪裡是「中環」。

後來，我有問過她為什麼知道我是香港人，結央跟我說，因為我當時的耳筒很大聲，她聽到我在播放的音樂。別的亞洲人不會在前往「音樂之都」維也納時……聽著 Mirror 的歌。只有香港人會這樣做。

我苦笑了。

那種感覺就像他鄉遇故知，我們一見如故，在火車上聊了很久。那次是我第一次希望，火車別要這麼快到車站。

她是一位攝影師，想到維也納取景拍攝，同時散心。我沒問她為什麼需要「散心」，而這個會自己一人去旅行的女生，對我來說，很吸引。

那次是我們的第一次浪漫相遇。

《戀愛其實很簡單，只要有你一個就足夠。》

第六章——前度暗殺社 Ex Kill Me〈2〉

結央是我遇過的女人之中，跟我最合拍的一個。她不能說是我的前度中最美的一位，不過，我可以肯定，她是最懂我的人。

我們一起的那一年，真的過得很快樂。

是真正的快樂，每一天我們都像最初相識時那樣，沒有任何改變。

當我這個被人說不懂什麼是愛情的男人，以為已經找到了真愛，上天卻在跟我開玩笑，把她帶走了。

把優結央狠心的搶走了。

一年前，她被發現在二十六樓的住所跳下來，倒臥在大廈的平台上死去。

所有的調查結果，都說她是自殺，沒有任何線索是他殺，不過，我不會相信。

一個這麼樂天的女人，怎可能自殺？

可能有人會說，快樂的人背後有幾多痛苦不為人知，不過，我不是那些只愛亂加評論的人，我跟結央一起了一年，我是世界上最清楚她的人，比她自己更清楚。

不、可、能、是、自、殺！

我決定開始調查結央的死亡原因，我不相信警方，什麼也不相信，我只相信我自己，還有跟結央一起的經歷與回憶。

錢對我來說不是問題，我可以用錢買到我想要的資料，當中包括結央死前的通話記錄。

她在死前的一小時打出了一個電話，電話是來自一間花店。

而花店的登記人就是……譚金花。

為什麼當我知道翰跟譚金花一起，我會叫他小心？不是要小心被感情傷害，而是要小心這個女生。

不過，當時我沒有調查到什麼，電話的確有打過去花店訂花，不過，最後她沒有去取花。

她永遠也不能去取了。

我有到過花店查問，花店的職員說，結央訂的花是香港比較少有的覆盆子花，覆盆子的花語是「叛逆」，沒錯，就是我的名字「逆」。

他還說，客人是想給男友一個驚喜，在慶祝週年紀念時，送給他的。

當時我在花店內蹲到地上……痛哭了。

結央為了我……為了我們的週年……她……一直也是這樣細心的女人。

我更加相信自己的想法，會為我們慶祝週年紀念的她，還訂了花，怎可能突然自殺？

一定有可疑！

可惜，到最後我也沒法調查到什麼。

直至敘依有一天來找我。

一直以來，我也沒在我的弟妹面前表現出痛苦的感受，也許是小時候的習慣，身為大哥的我，不能在弟妹面前表現懦弱的一面。

依是一個很敏感的女孩，她知道我只是扮作堅強，其實內心是很痛苦的。她跟我說，自己已經不是從前被保護的妹妹，她已經可以反過來保護與幫助我。

我聽到她這番說話後，做了一件從來沒做過的事。

我在她面前，哭了。

崩潰地哭了。

依沒有安慰我，只讓我在她面前痛哭，她是世界上另一個最明白我的女人，她知道要面子的我，不需要任何人的安慰。

就在那次之後，她加入了我的調查。當然，她還是有自己的工作，不過，至少當她有什麼新發現時，會立即通知我。

其實我對她加入調查也沒什麼期望，我就當是她給我最好的安慰與支持，不讓我一個人去承受痛苦。

不過，在幾個月後，她告訴我一件我沒有調查到的事。

她問了我一個問題。

「哥，你知道結央的前度是誰嗎？」

《或者，有些人不屬於我，不過，曾經遇上也不錯。》

第六章——前度暗殺社 Ex Kill Me〈3〉

「我……我不知道。」

我跟結央有一個不成文規定，我們從來也不問對方過去有關愛情的事，我們只需要知道，現在深愛的人是誰就可以了。

所以我從來沒問過結央拍過幾多次拖、前度是誰、當時分手痛苦嗎；她同樣也沒有問過我，我們都在有共識的情況之下相愛著對方。

我們都覺得，這樣更像是成年人的戀愛方法，不問過去，只重視現在。

依這樣一問，我沒法回答她。

「朱明輝。」她說。

「跟結央的死有關係？」我問。

「暫時不知道，不過，朱明輝大約在一年前，因為車禍死去了。」敘依說：「就在結央死後不久。」

然後她說了一個名字，一個已經不只出現過一次的名字……譚金花。

朱明輝跟結央分手後，就是跟譚金花在一起，不久他們又分手了。

她的名字再次出現，是不是「巧合」？

世界上，又有幾多的巧合？

不過，就像早前一樣，我想調查譚金花，卻只找到她是一間花店的老闆，還有是上市大集團的千金小姐以外，就沒有其他。

她的社交網頁是公開的，而且認識很多朋友，有些更是名人。從她的社交網頁來看，她很喜歡做善事，而且還領養動物。不過，我知道這不代表這就是她的真實性格，因為有太多人都只是在「扮演善良」的禽獸。

直至，翰跟她搭上了，當然，當時翰不知道我在調查她。

在球場上，我跟她見過一面。交談中，當時，我開始相信她是一個善良的女生，不似是在做戲，我開始懷疑我對她的「懷疑」。

翰有跟我說，其實譚金花已經有男友，不過她卻愛上了翰，當來到好時機時，就會跟那個富二代男友分手，跟翰一起。

對於男女關係，我覺得只要還未結婚，其實選擇也不是什麼問題，就算是騎牛搵馬，甚至是一腳踏兩船，如果最後會放棄其中一個，跟另一個在一起，我覺得不是什麼問題。

本來，在這段時期，仍然找不到結央的真正死因，我也開始想放棄，而且「**她**」的出現，讓我想開始新的生活，我也不用再夢見那些結央被殺的惡夢。

我開始說服自己，結央真的是自殺，只是我根本不清楚她的為人，才會覺得她不可輕能生。

沒想到，那天翰出事了。

而且……死無全屍。

而在翰身邊，除了我跟依，最親近的人就是譚金花。

第三次的巧合出現了。

我深愛的優結央、她的前度男友朱明輝，還有我的親弟金敘翰。

三次的巧合，三個跟她有關的人死去，我想已經不只是巧合這麼簡單。

我再次認真調查。

就像我的事業、我的加密貨幣交易所，每次出現我沒辦法解決的問題，最好的解決方法，就是從最初開始，重頭再想一次問題所在。

這次調查，我也決定用同樣的方法，我由結央開始再次找尋「線索」。

老實說，當時我根本不知道能不能夠找到什麼有用的線索，不過，這是我唯一的方法。

我回到結央生前的住所，希望找尋之前沒發現的線索。

或者，是結央不想我再痛苦下去，她給了我一個「提示」。

《愁不會記一世，但仇會。》

第六章——前度暗殺社 EX KILL ME〈4〉

結央生前的住所。

我還一直替她交租和電費，而且沒有移動過任何傢俱，因為我不想這個跟結央留下回憶的地方，會改變或消失。

這裡是我的避難所。

老實說，要管理一間每天上億交易量的交易所，不是那麼簡單的事。雖然我找到很好的伙伴，不過，還是有太多的瑣碎事要處理。

當我工作遇到樽頸想冷靜下來時，就會來結央的家，在這裡我可以把腦袋清空。

來到這個單位，回憶跟她一起的快樂畫面，當然，會讓我痛苦，不過，這樣才會令我覺得自己……還生存著。

某天，我又再回去她的家，無意中，我在一疊用來墊枱的廢紙，找到了一疊打印出來的對話內容。

因為只是一疊廢紙，之前我根本沒有理會。

我現在回憶起來，如果結央是「他殺」，她留在電腦中的資料，也許早已被刪除。唯有這疊用紙張打印的對話紀錄，根本就不會有人在意，沒有人會想到把對話內容打印在紙上。

而對話的二人是結央跟……譚金花。

優結央：「對不起，我真的沒興趣。」

譚金花：「但他拋棄了妳，破壞了妳的事業，妳不覺得要報復嗎？」

優結央：「不，我會選擇放下。」

譚金花：「妳這樣就放過妳的……前度？」

當時，我看到對話的內容，整個人也呆了。結央不只是在譚金花的花店買花，我不知道，她們甚至是朋友。

我把內容看了一遍又一遍。

譚金花在遊說結央對付她的前度，結央的前度就是那個朱明輝。就是因為他們分手，結央才會獨自一人坐上去維也納的火車散心，然後遇上了我。

內容還提到一個叫「前度暗殺社」的組織，這個組織就像是一個宗教一樣，而譚金花就是其中一個邀請人「入會」的幹事。她想說服其他人加入，而加入的方法，就是答應殺死他們的……「前度」。

老實說，就算把「前度暗殺社」說出來，只會被人當是笑話，根本沒有人會相信。

不過，當很多「巧合」的事情發生之後，那已經不是虛假的事。

他們的對話內容中有一句「當你喜歡到極致，人渣都會當天使」，我想起了在翰出事那天，拍到的那個人是在說……

「Excuse Me，天使已死。」

這代表了……

其實「天使」的真正意思是……「前度」！

而「Excuse Me」，有可能就是代表……**「EX KILL ME」**！

前度殺了我！

「等等……如果是這樣……」

結央沒有答應譚金花，然後譚金花跟朱明輝開始交往，譚金花跟朱明輝說有這一個「前度暗殺社」，她說可以找人殺死結央，再造成她自殺。

結央在住所跳下來死亡。

然後，譚金花再跟朱明輝分手，朱明輝變成了她的前度，譚金花就把他殺死，再扮成車禍意外。

之後，譚金花跟翰一起，她跟翰分手後，翰又變成了她的前度，譚金花也把翰殺死，再造成是汽車爆炸！

每一個人、每一件事……串連起來了。

「譚金花，妳這個賤人！」

我要報警嗎？

沒用的，所有事件都會變成「意外」，這代表了他們跟警方有勾結！

還有一點，我記得在結央死後不久，我有調查過她的個人電腦和手機，也沒發現有這樣的對話內容，很明顯，已經被人毀屍滅跡。

這個「前度暗殺社」的勢力非常大！

結央把對話內容打印出來，放在廢紙堆中，就是想我發現，如果她真的出事了，可以知道這個「前度暗殺社」的存在！

想到這裡，我整個人也呆了，只能坐在沙發前的地上……

暫時我不能告訴別人，我一定要獨自去調查！

……

…

．

漆黑的房間內，十數台螢光幕正亮著。

金敘逆來到優結央家中找尋線索的那個晚上，有一個人正用針孔攝錄機看著他。

一個放在寬頻盒子內的攝錄機。

「發生了什麼事呢？就去這個單位，看看發生什麼事也好。」他對著螢光幕說。

《和好很容易，如初是難事。》

我看著牆上，貼滿不同人物的相片。

翰死去的兩個月後，我繼續調查譚金花，她的人脈很廣，認識不同階層的人，無論是上流還是普通人都是她的朋友。

最可怕的是，當我不斷在她的 IG 找尋新的線索時，我的 IG 帳號就在差不多時間被駭，總是會出現「某人正使用你的帳號登入」的訊息。當然，我早有準備，那個駭客最後也沒法駭到我的帳號。

這樣更證明了譚金花已經知道我在調查她。我覺得，可能不只我一個，還有其他人正在調查有關他們的事，我未必是他們唯一的目標，只是其中一個。

這樣，更讓我知道……不能太接近她。

然後我轉換不同的 IP 地址，不同的帳號繼續調查，最讓我覺得奇怪，吸引我注意的是，我發現那時跟我一起打籃球的三個男生的女友，都是譚金花的朋友。

為什麼我知道三個男生的女朋友是誰？

在這個開放的社交平台世界，要知道誰跟誰在一起根本一點困難也沒有。

在這時代，有太多的關係破裂，都是男女其中一方找到了對方「偷食」的線索，才會釀成分手，有時我會想，那些能發現另一半出軌的人，根本就是偵探。

戀愛的偵探。

本來，高斗泫、孫希善、姜幼真只不過是我調查的人物之中，不起眼的其中三個女生，不過，因為「某個人」，讓我覺得她們愈來愈可疑。

同時，我沒想到一個月後，三個男生同一時間跟三個女生分手；然後，他們三個人一起失蹤了。

我怎樣知道？

別看姜爵霆只有外表，他一直也幫我潛入那些人的社交網絡圈子，所以知道了他們分手的事。因為我跟三個男生在球場上交換過聯絡，我有找過他們三個男生，卻沒有任何回覆，失蹤這件事，是證實的了。

這讓我覺得更加的奇怪。

我聯想到「前度暗殺社」，只要變成了「前度」，就會有機會被殺，他們三個男生失蹤跟這個組織有關嗎？

我的調查轉向了她們三個女生。

在這三個月，我知道了一個「真相」。

就在一星期前，我在咖啡店偷聽她們三人的對話，之後的發展我想也知道了。

每個人都為了自己的利益與目的而說謊，根本不可信。

當中，包括了我。

世界上，沒有一個人是完全可信的，我寧願相信貓狗，也不會完全相信人，至少，貓狗都不懂得說謊。

我覺得，譚金花只是一隻棋子，在「前度暗殺社」幕後，一定會有更大的BOSS。

是我現在已經遇上的人？

還是我不認識的人？

此時，我的電話響起。

「陌生人，想我嗎？」她的第一句說話。

「妳每次打給我就說這句？」我反問。

「我想你。」

「我也是。」

「今晚有空？」

「我在辦公室，組織著每個人的關係。」我說：「找我有事？」

「今晚見面再說。」

「好。」

掛線後，我看著她們三個的相片，三個在咖啡店說出自己故事的女生。

沒錯，打給我的人就是……

其中一位。

《有沒有一個電話號碼，再沒有打出過，卻還在手機裡。》

第七章——相連

LINK UP

第七章——相連 LINK UP〈1〉

半年前，結央的住所。

一個人偷偷潛入她的住所，看來他開鎖的技巧非常好，大門很快被打開。

「究竟在看什麼呢？當時他的表情非常驚訝又憤怒。」他說。

好奇心極強的他，在找金敘逆看過的那疊廢紙，他很想知道金敘逆究竟看到了什麼。

他安裝在寬頻上的針孔攝錄機，就是有一個缺點沒法收音，每次他看到有趣的畫面時，就抑制不住自己的好奇心，很想知道發生了什麼事。

這個人，就是吳方正。

他也曾經在優結央家中安裝過寬頻，一直也有監視她。

其實，吳方正是沒有指定目標的，他收到什麼 Order 就會同時安裝針孔攝錄機，他覺得了解一個陌生人的生活，是最好玩的事。

偷窺別人的人生，他媽的有趣。

正當他想開始搜索之時，結央的家門再次突然打開，他跟那個人碰過正著！

他是金敘逆！

吳方正沒想到金敘逆會連續兩天上來！

「為什麼……你會在這裡？！」金敘逆非常驚訝，他一眼就認出，他是跟自己打籃球的其中一位男生。

「我……」吳方正腦海中想著怎樣逃走。

「你跟那個『組織』有關？」金敘逆沒有說出「前度暗殺社」，只說是「那個組織」。

「組織？」吳方正的好奇心更強了。

吳方正要如何逃走？

如果他逃走了，會非常麻煩，因為優結央就在這個單位自殺，如果金敘逆報警，會把他牽連在內，這樣他在別人家中的閉路電視就會被發現，安裝針孔攝錄機的事同時會東窗事發！

「我在問你！」金敘逆生氣，走向他，抽起他的衣領。

「我裝了攝錄機！攝錄機！」吳方正指著寬頻接收器。

「什麼？」金敘逆瞪大了眼睛。

「這家的女主人是自殺的！我看過了！」

吳方正不知道這樣說會不會讓金敘逆更加生氣，不過，他感覺到，金敘逆跟這單位的女生有關。

「不可能！」金敘逆用力地搖著他：「攝錄機嗎？你有沒有拍到她死去的那天？」

吳方正點頭。

「給我看！快！」

「沒問題！」吳方正說：「我會幫你的！但之後你要跟我說什麼組織的事！條件交換！」

「還跟我說條件嗎？」金敘逆想了一想：「快給我看那天的影片！」

吳方正把手機駁入電視，現在的金敘逆，根本不在乎吳方正偷窺的事，他只想知道優結央自殺的真相。

電視上出現了當天的畫面。

因為寬頻中的微型攝影機沒法移動，只拍到大廳的沙發位置，畫面出現了優結央，金敘逆的表情痛苦，他沒想過可以再一次看到她。

「就在這個時候……」吳方正指著畫面。

優結央從沙發起來，走向右面，大約過了三十秒，她又在攝錄機前經過走向左面，左面是結央墮下的露台。

根據目擊者的說法，結央在同樣的時間跳下來，自殺死去。

「只有她一個人，沒有其他人。」吳方正說：「她是自殺的。」

眼淚在金敘逆的眼眶中打轉：「再播一次！」

之後，吳方正重複播放了好幾次，根本就看不出有什麼特別。

「再看也不能改變事實……」吳方正好像在提醒金敘逆。

金敘逆搖頭：「不，不是自殺的，當時……當時有另一個人！」

《其實還在意的你，卻不勉強在一起。》

第七章——相連 LINK UP〈2〉

「有另一個人？什麼意思？」吳方正問：「畫面沒出現其他人。」

「結央首先是走向了右面。」金敘逆指著右方，是單位的大門：「然後大門上方的燈亮著了。」

「對，那又怎樣？」

「她離開後，大門的燈沒有關。」金敘逆凝重的看著畫面：「那是感應的門燈，當有人在門前時，不會關上。」

吳方正走到大門前嘗試，的確，他在門前的燈一直亮著，他離開時立即又關上，這是省電的裝置。

「當結央走向左面，畫面中可以看到門燈依然亮著，大約十秒後才關上！」金敘逆說：「當時，結央是打開了大門，然後有人進了她的家！」

「但畫面中沒有拍到其他人……」吳方正說。

「那個人只是沒有在寬頻接收器前走過，所以沒有被拍到！」金敘逆立即站了起來。

金敘逆走到了結央的房間大門前，他走入了房間，然後從另一度門走回大廳：「房間是由兩間房門打通的，所以有兩個出入口，從第一道門進入，然後用第二道門離開，這樣，就不會被你的攝錄機拍到了！」

「就像你所說，但那個人根本就不知道我安裝了針孔攝影機，他為什麼要避開攝影機？」吳方正問。

「你錯了，那個人根本不是在避開攝影機，而是偷偷從房間那道門走出來，然後……」金敘逆走到了露台：「偷偷把結央推下樓！」

金敘逆在二十六樓俯瞰。

「但為什麼那個人犯案後離開時，又沒有在攝影機前走過呢？」吳方正還是不明白。

「很正常吧，一般人都會走回自己走過的路線離開。」金敘逆皺起了眉頭說：「而且，當時他打開了房門，從房間離開可以順手把打開的門關上。」

「的確有道理。」吳方正認同他的說法。

「為什麼結央要走到露台？」金敘逆看著露台外的風景：「為什麼？當時露台有什麼嗎？」

「你已經知道是誰做的？」吳方正問。

金敘逆搖搖頭：「不過我可以肯定，一定是結央認識的人！」

首先，結央才不會開門給一個陌生人，在影片中結央完全沒有任何的驚慌與混亂，來到她家的「某個人」，一定不是陌生人，是熟人！

「你會……報警嗎？」吳方正問。

金敘逆看著他：「如果我報警，你很快就要坐監，全世界的人也會說你是偷窺狂。」

「我說過我是想幫你……」

「我不會報警的，因為警方根本就是跟他們一伙的。」金敘逆看著他：「由現在開始，你要幫我繼續調查。」

金敘逆相信他？不，更像是利用他。

「我想知道你說什麼組織的事！」吳方正再次追問。

性格古怪的吳方正，很想知道發生了什麼事，究竟是「他」利用「他」？還是「他」利用了「他」？

金敘逆看著這個帶點陽光氣息的男生，從他求知的表情可以看得出，他根本不知道「前度暗殺社」的存在。同時，他知道吳方正不會是兇手，兇手又怎會拍下自己的罪證，然後讓他看呢？

他點頭。

人類都是為著自己的利益出發，現在，他們倆人各自都可能需要對方，成為了「暫時的朋友」。

因為吳方正是孫希善的男友，他把孫希善的「某些事」告訴了金敘逆，讓金敘逆覺得她們更可疑。

可惜，這段奇怪的合作關係，就在三個月後，吳方正失蹤而結束了。

《就算是理念不同，卻可以互相利用。》

第七章——相連 LINK UP〈3〉

時間回到九個月前，投資公司的週年晚會。

葛角國正在跟其他客戶聊天，穿著性感連身裙的高斗泫，一個人坐在吧枱前等待，在她身邊的男人正喝著悶酒。

他們第一次相遇，他是金敘逆。

優結央剛離開不久，金敘逆本來不想參加這種宴會。不過，因為他的交易所跟這公司有合作關係，他只能硬著頭皮來到這些他不喜歡的場合。

當然，有免費酒喝，是他來的另一個原因。

「美女都被冷落了嗎？」金敘逆有點醉意，喝了一口酒。

高斗泫也習慣了被搭訕，她只給他一個微笑。

「這些場合，根本就是在浪費時間。」金敘逆看著整個場所：「只是在互相吹噓自己有幾多錢，男的巴結客人，女的找老闆，老闆呢？就是來找個未玩厭的女人上床。」

高斗泫被他的說話吸引了，看著他。

「妳是屬於哪類人？」金敘逆問。

「你……」高斗泫聽到後有點生氣。

因為她只是來陪葛角國，根本不像金敘逆所說的。

「那你又是哪一種？」高斗泫反問，擠出一個不會被氣到的微笑。

「我嗎？嘿。」金敘逆看著她苦笑：「因為我想哭，才會來這個充滿虛假笑容的地方，然後……扮成在笑。」

高斗泫還以為金敘逆會繼續侮辱她，沒想到他會這樣說。

「他……很痛苦，非常痛苦。」

不知怎的，高斗泫的腦海中出現了這一句說話，最可憐的人，不是在場的虛偽賓客，而是這個她不認識的男人。

她心中有一份忐忑的感覺。

「小姐，我跟妳說。」金敘逆看著她微笑：「只要妳想哭的時候，來找我吧。」

高斗泫呆了一樣看著他。

或者，金敘逆喝醉了，不過，這句說話，就好像代表了……

金敘逆看得出高斗泫同樣的可憐。

沒有再說下去，金敘逆拿著酒杯離開。

金敘逆不是想結識高斗泫，不是為了她的美貌，更不是為了她的身體，金敘逆只是想說出自己看到她的感受。

還有自己的感覺。

高斗泫看著他的背影混入人群之中，她不知道這個男人是誰，不過同時，她很想知道他是誰。

……

……

…

三個月後。

高斗泫再次遇上金敘逆。

當時高斗泫正在銅鑼灣一間酒吧獨自喝著悶酒，她還在懷疑自己被迷姦的事有沒有發生過，她不知道應否相信深愛著的葛角國。

高斗泫很喜歡這間酒吧，她經常一個人來喝酒。因為不用化妝，也不用扮演著一個別人覺得非常漂亮的自己。

「泫泫，今晚喝這麼多？」相熟的酒吧 Bartender 問。

「嗯，不過也差不多了，明天還要上班。」

她準備離開之時，看到了另一個男人一個人喝著酒，而這個人就是那天宴會的男人。

「那邊的男人，你認識嗎？」高斗泫問 Bartender。

「妳說逆？我想除了妳，他是來得最多的一位客人。不過你們來喝酒的時間不同吧，沒有遇上過。」Bartender 說。

「是這樣嗎？」高斗泫微笑。

然後，她走到了金敘逆位置旁，坐了下來。

金敘逆看著她。

「大叔，你被冷落了嗎？」高斗泫笑說。

《那天忽然相遇，某天不再相見。》

第七章——相連 LINK UP〈4〉

當時的金敘逆，因為調查過譚金花身邊的朋友，已經知道她是葛角國的女友。

當然，宴會那時他並不知道。

「嘿，是妳嗎？」金敘逆苦笑：「看來我們很有緣呢？」

「你叫我哭的時候來找你。」高斗泫笑說：「但你沒說要怎樣找你。」

「看來我這個大叔還有點魅力。」

「你又知道我不是在找老闆？」

「或者是我這個老闆來找個未玩厭的女人上床吧。」

他們互望而笑了，大家也記得那晚宴會的對話。

這晚，沒有其他人，不用再扮演另一個角色，酒吧的角落處，就只有他們兩個，聊得很高興。

對於兩個都遇上不幸的人來說，對方就好像把自己從痛苦中拉出來的天使一樣。

跟一個不在自己生活圈子的人說出自己的故事，不用顧忌大家的身份，這是一件很快樂的事。

高斗泫把懷疑被迷姦的事告訴了金敘逆。

「是那個周總嗎？」金敘逆問。

「對，你認識他？」高斗泫說。

「一隻畜生。」金敘逆說：「問題是，你懷疑你男友。」

金敘逆不只認識周總，其實他還認識她的男友葛角國，他們一起打過籃球。

高斗泫沒想到他指出了重點：「的確是。」

事情已經不能改變，被一個陌生人佔有的確是一件很痛苦的事，不過，更痛苦是自己喜歡的人，可能就是整件事的主謀。

「我遇過太多畜生，為了錢什麼也可以做得出來。」金敘逆說：「我可以幫你調查一下。」

「不用了。」高斗泫笑說：「我們不是陌生人嗎？如果你插手就不同了，我不想破壞現在跟你的關係。」

金敘逆明白她的想法。

「你呢？為什麼你總是不開心似的？」高斗泫問。

「我很開心，哪有不開心？」金敘逆苦笑。

「不，我看得出你的傷感。」高斗浤看著他：「在笑容之下的痛苦。」

金敘逆好像被說中了一樣，沒法立即回答她。

「不想說也可以，每個人……」

「半年前，我的女友自殺死去。」金敘逆沒等她說下去：「我弟也剛過身不久。」

「發生了什麼事？」高斗浤帶點驚訝。

金敘逆告訴了高斗浤自己的事，能說的都說，不能說的，他還是收藏在心中。

除了妹妹金敘依，金敘逆第一次把這件事告訴另一個人。

「我終於明白你為什麼這麼痛苦。」高斗浤說：「我有什麼可以幫上忙？」

「跟妳說的一樣，我們是陌生人。」金敘逆說。

高斗浤當然明白他的意思。

他們的關係，就由這一晚開始。

當時，金敘逆也說了其實認識高斗浤的男友，因為是同行，而且曾跟他一起打過籃球，不過，他沒有說調查譚金花之事。

高斗浤的事，金敘逆真的沒有出手幫助調查嗎？

錯了，他出手了。

他不想高斗泫繼續被騙下去。

高斗泫收到葛角國前度的電話，就是金敘逆調查出來後，他用錢收賣那個女的，然後告訴高斗泫。

告訴她：「妳要小心葛角國這個男人。」

就因為這樣，高斗泫才沒有被葛角國繼續欺騙下去，最後分手了。

後來，高斗泫問過葛角國的前度，因為她覺得那個女的根本不需要幫助她與告訴她真相，一定是什麼原因讓她聯絡上高斗泫。

葛角國前度說：「就當是一個『陌生人』想幫妳吧。」

很明顯這個女的一定收到不少報酬，而這個「陌生人」，高斗泫不難想到，就是……金敘逆。

最後，她追問之下，金敘逆承認幫助她的人是自己，所以，高斗泫也決定幫助金敘逆。

陌生人不是不需要互相幫助嗎？

錯了，也許他們已經不是「陌生人」。

金敘逆告訴了她，有關優結央、金敘翰、譚金花與「前度暗殺社」的事，當時高斗泫簡直不敢相信。

然後，就發生三個女生的前度，同一時間跟她們分手與三個男生失蹤的事。

還記得嗎？有沒有懷疑過？

為什麼金敘逆知道三個女生約在那一間咖啡店？

一切，都是金敘逆的「安排」。

金敘逆與高斗泫，已經在合作了。

《不去佔有反而擁有更久。》

第七章——相連 LINK UP〈5〉

高斗泫跟金敘逆說想要調查葛角國分手與失蹤的事，便約了其他兩個女生出來。

金敘逆要她假扮成葛角國在失蹤期間發了一個訊息給她，內容是……「聾啞盲人的遊戲」。

這個故事，本身是金敘逆跟三個男生說的，他們也有跟女朋友分享這個故事。

為什麼是聾啞盲人的遊戲？

因為這個故事中，其中一個就是真正幕後的主謀，就像現在她們三個女生一樣的處境。金敘逆想知道她們聽到後有什麼反應。

他懷疑孫希善、姜幼真她們兩個之中，其中一個也是「前度暗殺社」的幹事，就像譚金花一樣。

可惜，在分享各自故事的對話中，沒有人出現問題，不過，金敘逆知道她們一定在說謊。

孫希善與姜幼真，其中一個人，又或是兩個都在說謊。

至於，明明金敘逆跟高斗泫合作，為什麼他要放上偷聽器，而不是由高斗泫轉告他？轉告不是更方便嗎？

不，因為金敘逆要「瞞過某人」才會這樣做。

他不能讓其他人知道高斗泫其實跟自己有關係。

同一個道理，金敘逆明知陳思儀會說謊，他還是要去找她，然後聽她說出謊言，都是為了「瞞過某人」。

三個女生中，只有高斗泫是在說真話，她的確是被葛角國出賣了，而陳思儀其實也跟葛角國有一手。因為陳思儀跟高斗泫同住，當高斗泫不在時，葛角國就會來到她們的家，跟陳思儀鬼混。

一房兩情人，真的很方便呢。

陳思儀說謊，因為她討厭高斗泫，她要把高斗泫說成一個壞女人。

女人的妒忌心，甚至可以把人殺死。

其實三個前度男友提出分手時，金敘逆只知道葛角國跟高斗泫分手，其他的事，都是走入了她們圈子的姜爵霆調查到的。

不過，他沒有想過三個男友都跟她們同一段時間分手，因為他們三人一起失蹤了，才會讓金敘逆懷疑。

他記得有一次打完籃球後，一起去公眾浴室洗澡時的對話。

「我們三兄弟，加上你們兩兄弟，應該可以在球場上打遍天下無敵！」全裸的葛角國一面說一面洗澡。

「哈！我哥很忙的，要他出手真的不易。」金敘翰看著逆。

金敘逆沒有回答他，只是給他一個微笑。

「說我們是三兄弟嗎？如果是真的兄弟，我們其中一個如果跟女友分手，其他兩個也一起分！」韓志始從浴室走出來：「然後我們三兄弟一起去韓國醉生夢死！」

「我怕你嗎？」葛角國也走出浴室。

兩個赤裸的男人，微笑地對望著。

「我也沒問題！」吳方正說。

「我就帶你們去韓國最高級的會所，玩個痛快！」韓志始說。

「好！」吳方正高興地說。

「逆兄，有興趣一起嗎？」葛角國問。

「你們年輕人去吧，嘿。」金敘逆簡單地拒絕：「而且我也沒有女友。」

金敘翰看著自己的大哥，他知道結央的死，金敘逆還未完全放下。

當時，金敘逆根本就只當是男人之間的笑話，之後遇上了吳方正時，也沒有追問他這件事。

沒想到幾個月後，他們三個男生真的跟女友分手，而且失蹤了。

《稱兄道弟的人很多，誰會真心不變如初？》

第七章——相連 Link Up〈6〉

他們真的去了韓國？所以失蹤？

暫時，金敘逆也不知道。

但後來他有想過，當時他們三個男生都加入了那個 Group，還有譚金花也在，如果是其中一個男生跟譚金花搭上了，然後，譚金花教唆他們分手。

為什麼要這樣做？

這樣，她就可以接觸他們三個男生的女友，她們已經變成了「前度」，這就可以讓她們加入「前度暗殺社」，給她們選擇，要不要殺死自己的前度。

所以金敘逆，更加想調查其他兩個女生。

再加上，後來吳方正說，孫希善不是一個簡單的女生，讓他覺得更加的可疑。

金敘逆亦有問過高斗泫跟譚金花的關係，不過，她說譚金花只是在網上查問過她化妝品的問題，並沒有叫她加入「前度暗殺社」。

沒有跟高斗泫說，那同樣也沒有叫孫希善與姜幼真加入？

如果她們還在痛恨前度，最後決定殺死自己的前度男友吳方正與韓志始，那他們的失蹤就說得通了。

不是失蹤，而是被殺後，人間蒸發。

不過，金敘逆相信高斗泫，她說自己沒有跟譚金花聯絡過。

這是真的嗎？

那為什麼葛角國會一起失蹤？

當中有什麼是金敘逆沒發現的？

就如一幅人物關係圖，金敘逆把拼圖慢慢地砌出來，真相快要出現時，卻發現，原來拼圖不只是一小幅，而是更大。

比他想像的大很多很多。

在一個人口密度最高的城市之中，我們的過去、我們曾經發生的故事，真的沒有人會知道嗎？

或者，有某個人在你背後，說著你的從前、說著你的壞話。

你是一個會被「數臭」的前度嗎？

你……還介意嗎？

……

……

擺花街日式雪糕店。

姜幼真和黃若婷都在店中工作。

「現在妳代那個英俊的男生養貓？」姜幼真問。

「對！那隻小花貓叫小花子，很可愛的！」同事黃若婷說：「今晚我們約了上我家看小花子！」

姜幼真搭著她的膊肩膊奸笑：「妳常常說我很多男生追求嗎？現在到妳有艷遇了！」

「如果我可以成為她的女朋友，真的是太幸福了！」黃若婷春心蕩漾。

「妳看妳現在的樣子！」

「怎樣了？有問題嗎？」

「就好像一隻交配的母貓，嘻嘻！」姜幼真揶揄她。

「喂呀！」黃若婷害羞地說：「我的妝有沒有問題？」

姜幼真看著她：「很好！不用化太濃，很好看！」

「今晚⋯⋯」

「沒問題啊，為了我的好同事終身幸福，收店的事就交給我吧！」姜幼真說。

「太好了！我愛妳啊幼真！」黃若婷抱著她說。

「在上班啊！別要這樣！」

姜幼真還未知道黃若婷告訴了姜爵霆，他被偷拍到的相片，當然，黃若婷也不會告訴她。

晚上，只餘下姜幼真一個人在收店。

「天氣好像愈來愈冷了。」她吐出了一口煙，然後把放在外面的招牌收進店內。

突然！

一隻冰冷的手從她背後纏著她的頸！另一隻手掩著她的嘴巴，不讓她亂叫！

突如其來的不速之客，瘦弱的姜幼真根本沒法反抗！

她的心跳加速，希望自己別要被傷害！

就在此時，那個人說出一句說話。

「幼真，是我，別要怕。」

然後，他放下了冰冷的雙手，從後擁抱著她。

「肥正……」

姜幼真聽到他的聲音後，沒有任何反抗，被他緊緊地擁抱著。

這個人，已經失蹤了三個月，他是……吳方正。

《你怕一切的美好都是自己想像？的確，是想像。》

第八章——兄弟

BRO

第八章——兄弟 BRO〈1〉

八年前。

他們住在屋邨的對面單位，比她大數年的他，總是當她是自己最好的妹妹。

他們是吳方正與姜幼真。

從小他們已經是很好的朋友，樓梯口是他們短聚的地方。

「今天學校有個學長跟我喜歡的女生表白了。」吳方正失望地說：「她也接受了。」

「你一直在看著整個過程？」姜幼真問。

吳方正點點頭，姜幼真看著他痛苦的表情。

年輕的女生，都總是比男生成熟，明明還未拍拖的姜幼真，卻成為吳方正的戀愛顧問。

她會安慰他？才不是呢。

「我一早已經跟你說！喜歡就快點跟她表白吧，現在已經太遲了！」姜幼真說。

「我這個肥仔怎敢跟她表白？」吳方正吐槽：「等等，我是要妳來安慰我的！而不是來教訓我！」

「唉，我就來安慰你吧。」姜幼真可愛地拍拍他的肩膀：「肥正，如果你五十歲還未有女朋友，而我又單身，我就做你女朋友吧。」

「我怎可能五十歲也沒有拍拖？」吳方正生氣地說：「等等，你這些對白應該是男生跟女生說才對，很多電影都是這樣！」

「沒所謂啊！最重要是……」姜幼真笑說：「我五十歲根本不可能單身！嘻！」

「為什麼找妳安慰後，我覺得更加痛苦？」吳方正表情失望。

「別這樣！來，我這個好兄弟，給你看點東西！」

姜幼真帶吳方正來到下一層的樓梯。

「你看！牠們一家人很幸福！」姜幼真指著喉管後方。

是幾隻甲由，有大有小的。

「我每天也餵牠們吃的，現在已經有一個家庭了！」姜幼真高興地說。

因為父親車禍身亡，單親的她，很嚮往一家團聚的感覺，她已經很久沒嘗試過，一家人齊齊整整吃飯。

「我看看……」吳方正蹲了下來，指著其中一隻：「這應該是爸爸！」

「為什麼？」

「妳看牠一動也不動，一定只是等老婆帶食物回來，沒用的父親！」

這就像吳方正的家庭環境一樣。

「怎可能？我覺得可能是小三！牠不敢走入家庭的範圍！」姜幼真說。

「甲由也有小三嗎？」

「一定有！」

他們又無聊地一直討論著，姜幼真沒有安慰他？不，她已經做了。

或者，吳方正古怪的性格，都是由姜幼真傳給他的。

不過，慢慢地長大，姜幼真已經不再喜歡餵養甲由，變成一個亭亭玉立的少女，而吳方正卻依然沒有改變，停留在古怪的青春期。

不久，因為姜幼真媽媽再嫁人，她們要搬走了。而這對兩小無猜的朋友，隨著漸漸長大，都有各自的生活，他們開始慢慢地疏離。

又未至於斷絕關係，大時大節時，又或是對方生日，他們都還會發個訊息給大家。

直至，吳方正失蹤的一年多前。

「幼真，我再次遇上她！」吳方正輸入。

「已經八年了，這次你別要放棄！」姜幼真輸入。

「那我要怎樣做？」

「聖誕節不是就快到嗎？給她一個驚喜的表白！」

《你是我的兄弟，我是妳的姊妹，關係最長久。》

吳方正在學校跟孫希善表白，其實是姜幼真的點子。

即是說，姜幼真一早已經知道孫希善的存在，為什麼在咖啡店沒有說出來？

當時，姜幼真還教吳方正在壁報板上寫上「15537393 I LOVE U」。

「15537393 是什麼意思？」

「是以太坊區塊高度完成合併，正式由 PoW 轉向 PoS 的最後一個高度。」姜幼真說：「是她的生日，9 月 15 日。」

當時吳方正根本不明白她說什麼「以太坊區塊」，不過 9 月 15 日是孫希善的生日的確沒有錯。

另一個問題……為什麼姜幼真會知道這些有關加密貨幣的知識？

最後吳方正成功得到了孫希善的愛。

吳方正約了姜幼真請她吃飯，吳方正已經不再是肥仔，姜幼真也長得非常漂亮。

吳方正終於得到了八年來的所愛，不過，這次到姜幼真變得有點悶悶不樂。

「發生了什麼事？」吳方正問：「是有關韓志始？」

姜幼真點頭。

當時他們的關係，姜幼真是吳方正從小已經認識的朋友，而韓志始也是他的好友。

那天，姜幼真在 IG 放出了跟韓志始的合照，吳方正知道他們在一起，立即聯絡姜幼真，表明自己跟韓志始是朋友。

之後，姜幼真在吳方正的 IG 籃球合照中，看到韓志始，也確定了他們是朋友。

吳方正知道韓志始是韓國賣淫集團的一份子，他亦知道姜幼真喜歡他，不過吳方正沒有說出這件事。

因為他不想插入他們兩個人關係之間，也不想說自己朋友的壞話，最後他沒有告訴姜幼真，同時也沒有告訴韓志始，自己一早已經認識姜幼真。

吳方正曾經間接跟姜幼真說過，韓志始未必如她想像的好，不過姜幼真一直也不聽。

熱戀之時，其他人的說話是不會聽得入耳，至少，姜幼真是這樣。

而姜幼真也想跟吳方正的關係保密，她想在某一天，又或是生日之類的，給韓志始一個驚喜，再告訴他，自己跟吳方正是識於微時的好朋友。

那天他們約出來，姜幼真悶悶不樂的原因，就是因為那個韓妹的出現，讓她感覺到不快。當然，韓志始已經告訴她那個女的是她的妹妹，不過，姜幼真還是半信半疑。

姜幼真追問吳方正，韓志始是一個怎樣的人，吳方正還是替自己的朋友說謊，叫姜幼真別要多心，那個韓妹真是是韓志始的妹妹。

之後姜幼真跟韓妹一起吃飯，終於相信了。

吳方正心中還是很不安樂，因為姜幼真也是他在乎的人，為了朋友，去欺騙了另一個從小認識到大的朋友。

直至那天，他們跟金敘逆兩兄弟打完籃球後，韓志始說跟女友分手，其他兩個人也一起分，當時吳方正高興地回答「好」，其實是假的反應。

當時的他，不是在乎要跟孫希善分手，而是想起了……姜幼真。

吳方正沒有告訴姜幼真，韓志始本來是一個怎樣的人，吳方正覺得自己對不起姜幼真。

就因為這件事，一直在煎熬著吳方正。

那時，吳方正才真正發現自己，為什麼當知道韓志始跟姜幼真一起以後，他會感覺到不高興，甚至有一點點的痛苦。

都只因，原來吳方正最在乎的人，不是身邊的孫希善，而是從小已經認識，給他現在自己古怪性格的……姜幼真！

本來，也未到最壞的情況，直至幾天後，他們三個男生來到了一間酒吧。

「還記得嗎?我們從小已經承諾，不會介紹自己女友給兄弟認識！」韓志始半醉半醒地說：「為什麼要這樣做？」

「你這個白痴當我醉了嗎？我當然記得！」葛角國說：「因為我們都會分享女友的性愛影片給兄弟看，不認識就不會尷尬了，哈哈哈！」

原來，他們一直也有這樣的「習慣」。

賤男的習慣。

「沒錯！現在我就有好東西，給我的兄弟看！」韓志始拿出了手機奸笑。

畫面是一個女生在自摸的裸聊視頻。

「高潮在後面，她……」

吳方正沒法看下去，因為女主角是……姜幼真！他一手把手機撥到地上！

「正！你幹嘛？！」韓志始生氣地說：「手機是新的！」

年紀最小的吳方正，很少會發他們兩個好友的脾氣，不過，這次他……

忍無可忍了。

《不想你一個人度過，就算那個人不是我。》

第八章——兄弟 BRO〈3〉

韓尚美，即是韓志始所說的「妹妹」，她被某客人偷走了手機，還記得嗎？

然後她的性愛影片發給了姜幼真，才讓她知道韓志始的真正職業。

沒錯，那個偷走電話的人，是吳方正安排的「客人」，他給錢那個朋友扮成客，他還可以免費上韓妹，朋友當然接受。

而朋友的工作，就是要偷走韓尚美的手機。

當時，韓志始不知道是吳方正的安排。

吳方正就是想姜幼真知道，韓志始根本不是什麼好東西。

最後姜幼真真跟韓志始分手，而吳方正也跟孫希善分手了，因為他偷窺的事被孫希善揭發。

晚上，雪糕店門前，吳方正與姜幼真約在這裡聊天，雪糕店已經關門，他們兩人坐在門前的石級之上。

吳方正把一早已經知道韓志始惡行的事告訴了姜幼真，他以為姜幼真會非常生氣，但她卻沒有罵他。

「是你把影片發給我的，是嗎？」姜幼真看著沒有星的夜空。

吳方正沒有回答，就是回答了。

「好兄弟，最後你也站在我的一方！」姜幼真搭著他的肩膊。

吳方正知道她在逞強，不想氣氛太傷感。

「妳還愛他嗎？」吳方正問。

「你還愛她嗎？」姜幼真反問。

「在沒跟妳說出韓志始為人有多壞的這段時間，我發現……」吳方正看著夜空：「**我更在乎妳**。」

「什麼……什麼意思？」姜幼真帶點驚訝看著他的側面。

她有多久沒真正看清楚吳方正的樣子？從前的那個肥仔，已經變成了真正的男人。

吳方正是真正最了解她的人，同時，也是她真正了解的人。

一直以來都是這樣，只是因為大家太過熟悉了，熟悉到根本就沒有發覺。

從小已經認識的那一份感情，不是突如其來的，而是日積月累，只是大家也沒有把感覺說出來。

「我不知道這是不是喜歡一個人的感覺，因為我跟妳太熟了。」吳方正笑說：「我有想過，希望妳得到幸福，但從來沒想過，其實給妳幸福的人也可以是我。」

姜幼真沒有說話，只看著他在街燈下的側面。

「或者……或者吧，可能這八年我等待的不是希善，而是一直幫助我的妳。」吳方正回頭看著姜幼真：「嘿，不過我不會追求妳的，我要成為比妳的男友更好的朋友，在妳身後守護妳！有誰對妳不好，就讓我來教訓他吧。」

吳方正只想說出心中的說話，他根本不會知道姜幼真會怎樣想。

姜幼真……擁抱著他。

「笨蛋！」姜幼真流下了眼淚：「我才不喜歡你！你是我最好的兄弟！好兄弟！」

比情侶更好的關係，真的存在嗎？

存在的。

有些人總是覺得一男一女就一定會是情侶，但在這世界上，還有很多男女關係，沒有曖昧，卻比情侶更親。

「等你五十歲吧。」姜幼真笑中帶淚地看著他：「你還沒有人要，我就要你！」

「這是男主角的對白……」吳方正想了一想：「好吧，算了，謝謝妳等我。」

兩個失意的好友，沒有真正的一起，卻承諾永遠陪伴著對方，至死不渝的關係，不只是親情與愛情才可以擁有，友情也可以。

「好了，我先送妳回家吧。」吳方正說。

姜幼真點頭。

他們一起離開雪糕店。

「其實我從來沒牽過妳的手，我可不可以……」

吳方正還未說完，姜幼真已經主動牽過他的手。

「就讓我帶五十歲大叔過馬路吧！」姜幼真笑說。

「謝謝妳後生女。」吳方正說。

他們對望笑了。

就在此刻，黃若婷因為漏了東西在雪糕店想回來取，正好看到他們牽著手離開。

黃若婷拍下了相片。

其實，黃若婷給姜爵霆看的相片，根本就不是他們偷情，更正確的說，是他們跟男女朋友分手後，才拍到的。

不過，根本沒有人會在意「真相」。

《成為朋友留在你身邊，就可以真正一生不變。》

第八章——兄弟 BRO〈4〉

失蹤前三天。

韓志始與吳方正已經跟她們分手，最後，被揭發的葛角國也跟高斗浤分手了，現在他們已經變回單身。

同一時間分手不是巧合，跟他們在更衣室說的一樣，現在他們可以完成他們的「大計」。

三個男人，決定去韓國玩一轉，醉生夢死一次。

大帽山上，葛角國的一個私竇中，沒有太多人知道這個地方存在，只有他兩位好友。他們三人已經準備好一切，過兩天起行。

晚上，吳方正一個人坐在沙發上，韓志始走到他身邊坐下來。

「正，你怎樣了？大家不是說過要開開心心玩嗎？」韓志始笑說：「分手就分手吧，很快就會有下一個出現。」

「你已經放低了？已經不愛她？」吳方正問。

「你說那個雪糕妹？」韓志始說：「哈！她只是我其中一件玩具，我為什麼放不低？」

吳方正沒有給他反應。

「不過，她的嘴巴真的不錯，又細又深。」韓志始回味著。

聽到後，吳方正心中出現了一團怒火！

「總之，過了今晚以後，你就不會再記得你的……『前度』！」韓志始高興地說：「我先去睡了，你也快去睡。」

吳方正腦海中，出現一段對話。

「他手上有我的裸聊影片……」

「放心，我會幫妳拿回來！」

是他跟姜幼真的對話。

「只是……玩具嗎？」吳方正自言自語：「嘿，那好吧。」

吳方正用一個陰森的眼神看著韓志始的房間。

還記得嗎？

在孫希善的家，當她說吳方正浪費時間，他憤怒地捉住她的手腕，弄到又紅又腫。

沒錯，吳方正的確有……情緒的問題。

不只是普通情緒問題，他的古怪性格除了是因為姜幼真，還有從少就是肥仔而被欺凌，也是因為……他本來就已經有問題。

他的名字叫吳方正，經常被嘲笑是「唔方正常」。

還記得嗎？

當時在光大中學的校工張伯在聖誕節期間死去，當時孫希善懷疑是吳方正的所為。

吳方正當時否認了，他才不會因為表白而殺死一個人。

不過，他……**其實在說謊**。

他一直有偷窺張伯的生活，張伯會帶流浪動物回家，很有愛心嗎？錯了，他帶流浪動物回家是要把牠們虐殺！張伯當那些可憐的流浪貓狗像「玩具」一樣！

知人口面不知心，但偷窺別人人生的吳方正……知道了。

他不只是為了表白才殺死張伯，他還有一份替天行道的心，一舉，兩得。

現在的他，同樣要「替天行道」。

一小時後，吳方正有所行動，他拿出一把軍刀，走進了……韓志始的房間。

根本沒有人會覺得，一直以來的好兄弟，會想殺死自己。

至少，韓志始從來也不會這樣想。

吳方正已經決定了，要把「動物」當成「玩具」的人……

通通殺死！

「呀！！！」

在另一間房間睡覺的葛角國，聽到了痛苦的慘叫聲！

「發生什麼事？」

他立即爬了起來，走出了走廊！

葛角國在韓志始的房間門前，看到一個男人爬到韓志始的床上，軍刀還在不斷插入韓志始的身體！

那個男人臉上沾滿了鮮血，他轉頭看著門前的葛角國！

「正？你……你在做什麼？」葛角國整個人也呆了。

吳方正沒有說話，快速奔向葛角國！

在漆黑中，軍刀插入了葛角國的胸前！

葛角國根本不知道發生了什麼事，他只看到吳方正那個目露兇光的眼神！

吳方正不是只殺把動物當玩具的人嗎？

為什麼他要同樣出手殺死葛角國？

「你……」葛角國口吐鮮血。

「這是你把婆婆當成賺錢玩具的報應！」

葛角國曾跟吳方正說過自己欺騙保險的計劃！

吳方正繼續用刀插向葛角國，他想逃走，可惜身體支持不住倒在地上！吳方正繼續在他背上插入軍刀！

插入、拔出、插入、拔出、插入、拔出……不知道重複了多少，葛角國已經一動也不動倒在血泊中！

吳方正站了起來，看著床上的韓志始，然後回頭看著地上的葛角國，在他的臉上出現了……笑容。

他媽的滿足笑容。

《從來，惡魔都會扮成天使，讓你墮入深淵。》

第八章——兄弟 BRO〈5〉

八年前，屋邨的樓梯口。

吳方正一個人來到「甲甴家庭」喉管的位置。

他對著甲甴說：「你們知道嗎？幼真看到你們一家齊齊整整，其實內心很痛苦，你們明白她的感受嗎？」

然後他一手捉起其中一隻甲甴，甲甴不斷地掙扎。

「我不會當你們是玩具，不過我還是要懲罰你。」

吳方正把甲甴放入了口中，然後咀嚼，咔勒咔勒的聲音不斷從他的嘴巴中傳出。

他的確沒有當牠們是玩具，他卻當牠們是……**食物**。

他的臉上出現了笑容，就像八年後，他殺死自己兩個好朋友的滿足笑容。

這段時間，金敘逆調查高斗泫、孫希善與姜幼真，她們正好跟前度分手，同時，三位前度一起失蹤。

他一直也懷疑是「前度暗殺社」的所為。

當然，金敘逆知道高斗泫不是暗殺社的一份子，矛頭直指孫希善與姜幼真。

金敘逆絕對不會想到，三個男生失蹤的事，根本就跟「前度暗殺社」完全無關，而是……

另一場有關愛情的羅生門。

兇手，就是他認識的吳方正！

吳方正處理好兩具屍體以後，同樣消失，就連姜幼真也找不到他。

直至那天晚上，他終於出現在姜幼真的面前。

雪糕店門前。

「幼真，是我，別要怕。」

「肥正……」

姜幼真聽到他的聲音後，沒有任何反抗，被他緊緊地擁抱著。

她知道，他就是吳方正。

而且，姜幼真也猜到，韓志始的失蹤是跟吳方正有關。

「為什麼你失蹤了三個月？」姜幼真問：「我們明明是好兄弟，你應該……」

吳方正從後把她擁得更緊，好像有些說話有口難言。

「我已經幫妳解決了問題。」吳方正說。

「我……我知道了。」

吳方正說的就是裸聊影片的問題。

「不要再離開我，你不是說會保護我的嗎？」姜幼真泛起了淚光。

「我殺了人。」吳方正直接地說。

「所以才會躲起來？」姜幼真問。

「我還有事要做，很快會回到妳身邊。」吳方正嗅嗅她的髮香：「我離開妳越遠，才是保護妳最好的方法。」

「但……」

「別回頭。」吳方正鬆開了雙手：「讓我離開了，妳才回頭。」

姜幼真不明白吳方正還有什麼事要做，如果他已經解決了韓志始，那不是已經完成了要做的事嗎？

而且如果吳方正真的殺死了韓志始，姜幼真根本就不會怪他，不會怪一個幫助她的人。

不會怪一個守護著她的人！

姜幼真想到這裡，回頭看。

吳方正已經消失於昏暗的街道之中。

姜幼真會立即報警？

才不會，因為她知道吳方正，是世界上唯一一個願意無條件保護自己的人。

她才不會這樣對自己的……**好兄弟**。

微風，把她的秀髮吹起，她的心中卻有一份隱隱的痛楚。

不是為了韓志始而痛，而是為了……吳方正。

什麼是愛情？

每天跟你一起生活的那位，就是最愛？

還是，那位在你背後默默守護你的人，才是最愛？

也許，不只是姜幼真不知道真正的答案，還有很多這樣的關係……

也沒有真正的答案。

《有沒有一位默默守護著你的人？》

第八章——兄弟 BRO〈6〉

金敘逆的辦公室內。

「什麼？吳方正是偷窺狂我知道，你在咖啡店竊聽的錄音中，孫希善有說過。」姜爵霆意想不到：「但……他有『前度暗殺社』的證據？」

「對。」金敘逆告訴他：「他在其中一個『前度暗殺社』成員的家，曾裝上針孔攝錄機，他說已經有足夠的證據，證明暗殺社的存在，而且可以證明他們不斷殺害分手的情侶。」

「真的嗎？不過他不是失蹤了？」姜爵霆問。

「他只是躲了起來。」金敘逆說：「我在很早時，在結央的家跟他見過面，之後失去聯絡。不過，昨天他聯絡上我，沒想到他也在調查『前度暗殺社』。」

「那他躲起來的原因是什麼？」姜爵霆問。

「你怎麼好像很感興趣似的？」金敘逆反問。

「當然！我是你調查組的助手，我當然想知道！」

金敘逆用一個詭異的眼神看著他：「他沒說什麼原因躲起來，不過，我跟他約好了明天早上八時在中環七號碼頭交收，他會把證據掉入七號碼頭的垃圾桶，我拿到後，就會過錢給他。」

「你怎肯定他說的證據有用？」姜爵霆問：「如果他欺騙你呢？」

「所有線索都有用。」金敘逆說：「至少他知道『前度暗殺社』的事，已經足夠了。而且他要的錢也不多，就賭一把吧。」

「要我陪你去嗎？」姜爵霆想了一想：「早上八時……真的很早，哈哈！」

「不用了。」金敘逆說：「你幫我去買咖啡粉回來吧，沒有了。」

「好，沒問題。」姜爵霆說。

姜爵霆沒有追問下去，離開了辦公室。

金敘逆認真地看著貼滿相片的白板，還有姜爵霆離開的背影。

他自言自語：「希望……只是我猜錯吧。」

姜爵霆離開後，金敘逆打電話給敘依，把剛才跟爵霆的對話，跟她說了一次。

「哥，那個吳方正可以相信嗎？」金敘依問。

「我也不知道，不過看來他偷拍到一些很重要的畫面與證據。」金敘逆說：「我覺得可以試一試。」

「你自己要小心，有什麼事就立即通知我。」金敘依擔心地說。

「放心吧，沒問題的。」

「他約你在哪裡交收？」金敘依問。

「明天早上八時，中環……九號碼頭的垃圾桶。」

……

…

．

早上七時，中環碼頭。

晨早碼頭已經有人來到釣魚，而且有跑友在附近跑步，不過人數不算多。

七時十五分，一個戴上鴨嘴帽的男人，走向了垃圾桶，然後把一個公文袋掉入了垃圾桶後離開。

他的動作很快，根本就沒有人會留意他的舉動，釣魚的繼續釣魚、跑步的繼續跑步。

數分數後，一個在釣魚的男人準備離開，他收拾好釣魚用具之後，突然……

走向了垃圾桶！

他一手把公文袋拿起，放入了釣魚的箱中，然後快速離開！

八時正，金敘逆來到了碼頭，他看著垃圾桶內……

什麼也沒有。
公文袋一早在四十五分鐘前，已被那個釣魚客拿走了。
金敘逆神色凝重地看著翻起海浪的大海。
他……遲了一步。

《在線時，心中會想，其實有沒有人會在意我在線呢？》

第八章——兄弟 BRO〈7〉

辦公室內。

敘逆、敘依與爵霆看著電腦的螢光幕。

「七時正，這個男人把公文袋放入了垃圾桶然後離開。」敘逆指著螢光幕：「十五分鐘後，那個釣魚男人把公文袋拿走。」

畫面是在中環碼頭拍下來的，是敘逆昨晚安裝的針孔攝錄機畫面，畫面拍著垃圾桶的位置。

敘依與爵霆看著螢光幕，沒想到敘逆會安裝了針孔攝錄機。

「這代表了什麼？」敘逆問。

「有人比你更早去拿了那些證據。」爵霆說。

「會不會是吳方正自編自導自演？」敘依問：「其實根本就沒有什麼證據？」

「為什麼他要這樣做？」敘逆反問：「而且這樣他就沒法拿到錢了。」

他們三人進入了沉思之中。

「不知道公文袋內放了什麼東西？」敘依在想。

「一隻USB手指，手指的密碼是2695，吳方正跟我說的。」敘逆說。

「逆大哥，你有再聯絡吳方正嗎？」爵霆問。

「電話沒有人聽，找不到他。」敘逆嘆了口氣：「爵霆，幫我沖杯咖啡。」

「好。」

「我也上洗手間。」敘依說。

「嗯。」

他們還是沒有頭緒，為什麼會有人比敘逆更早拿走了公文袋。

敘逆看著螢光幕定格的畫面，表情有一份莫名的悲傷。

……

……

…

同一時間，一間女生的房間內。

「她」收到了一個訊息，訊息的內容是四個密碼……

「**2695**」。

「她」立即插入了USB手指，輸入了四位數字的密碼。

密碼正確。

畫面出現的內容，讓「她」本來已經很大的雙眼，瞪得更大。

「這是什麼東西？！」

……

……

．

辦公室內。

爵霆沖好了咖啡從廚房走出來，而敘依也從洗手間出來。

此時，敘逆走到他們的面前。

「逆大哥你太心急了，我已經沖好了！」爵霆高興地說。

「還要演下去嗎？」敘逆表情非常認真：「想演到何時？」

「什麼意思？」爵霆不明他的說話。

「USB手指是不是已經用密碼打開了？」敘逆說：「看到了什麼？」

爵霆呆了一樣看著他。

……

…

.

女生房間內。

密碼輸入正確，畫面出現了一張相片的檔案……

一張可愛貓咪的相片。

「這是什麼東西？！」

「她」立即回覆那個發密碼給她的人短訊。

「一張貓相片」。

……

…

.

辦公室內。

敘逆繼續說：「USB是不是開出了一張可愛的貓相片？」

「什……什麼貓相片？我不明白。」爵霆說。

「吳方正根本就沒有聯絡我，全都是我的謊言。」敘逆說：「早上七時放下公文袋的人，是我派去的，根本就不是吳方正，而知道我會跟吳方正交收的人，只有我跟他說過的人。」

在咖啡店偷聽時，明明敘逆跟高斗泫是合作的關係，高斗泫可以直接告訴敘逆兩位女生說話的內容，他卻要安偷聽器。

現在，終於知道真正的原因。

因為不太相信人的敘逆，知道了自己的調查辦公室內，有……

內鬼！

他不能讓「內鬼」知道他認識高斗泫，所以他才扮成安裝偷聽器，不讓「內鬼」知道自己一直都跟高斗泫合作。

「我總是覺得很奇怪，每行一步都好像被別人先行一步，到頭來，什麼也調查不到。」敘逆表情非常痛苦：「為什麼……要這樣做？為什麼？我一直希望我是猜錯，但我沒有錯，我身邊的確是有……內鬼！」

「等等……逆大哥你是不是誤會了什麼？」爵霆說。

敘逆走向了他們。

「跟他們是一伙的嗎？也是『前度暗殺社』的人？」敘逆問。

沒有人回答。

「螢光幕是中環碼頭的畫面，只有你們兩個人知道我會跟吳方正約在那裡交收。」敘逆痛苦地說：「我跟爵霆說是七號碼頭，而跟妳說的是……九號碼頭。」

敘逆停了下來。

「只有知道我會去碼頭的人，才可以告訴別人我會去交收，然後搶先一步把證據拿走。」

敘逆用悲傷的眼神看著她。

「螢光幕上，畫面是……**九、號、碼、頭！**」

敘逆看著的人不是爵霆，而是……

金、敘、依！

……

……

…

關係錯綜複雜，好人壞人都為著自己的利益而說謊。

為著自己有利的方向，說出虛假的故事。

我們都生活在謊言的世界。

我們都生存在……「羅生門」的世界。

究竟，還有誰人在說謊？

誰才是最後的……

幕、後、主、謀？

《前度的羅生門》第二部，即將揭開一切謎底。

《真相，永遠是最殘酷，說謊，永遠是最惡毒。》

《前度的羅生門》第一部完。

第二部待續。

孤泣特別鳴謝

孤泣小說團隊

由出版第一本書開始，只得我一人。直至現在，已經擁有一個孤泣小說的小小團隊。謝謝一直幫忙的朋友。從來，世界上衡量的單位也會用金錢來掛勾，但在這個「孤泣小說團隊」中，讓我發現，別人為自己無條件的付出。而當中推動的力量就只有四個大字——「我支持你！」很感動！在此，就讓我來介紹一直默默地在我背後支持的團隊成員。

App 製作部

Jason

傳說中的 Jason 是以戇直、純真、傻勁加上一點點的熱血配製而成。為了達成一個小小的夢想，忍痛放棄一份外人以為穩定的工作，毅然投身自由創作人的行列。希望可以創作屬於自己的 iOS App、繪本、魔術書、氣球玩藝書、攝影手冊、攝影集、IT工具書等。歡迎大家來 www.jasonworkshop.com 參觀哦！

IT 部

RONALD

學藝未精小伙子，竟卻有幸擔任孤泣小說的校對工作。可說是人生一大幸運的事。

編校部

曦雪

曦雪，愛幻想、愛看書、愛笑愛叫的怪小孩，平時所有愛做的都不會做。嘉歡寫作卻不會寫，說是因為懂寫不懂作。

Winnifred，現實中的化妝師，見證多少有情人終成眷屬。喜歡美麗的事物，自成一格的審美態度：「美，可以是看不到、觸不到，卻能感受得到。」機緣巧合，成為孤泣的文字化妝師。

首喬

卞之琳這樣說：「你站在橋上看風景，看風景人在樓上看你。明月裝飾了你的窗子，你裝飾了別人的夢。」能夠裝飾別人的夢，是錦上添花。

小雨

顧城說：「黑夜給了我黑色的眼睛／我卻用它尋找光明」，願我們黑色的眼睛，不會忘記光明的樣子，不放棄。

多媒體與平面設計部

阿鋒

平面設計師，孤泣愛好者。由讀者搖身一變成為團隊成員之一，期望以自己的能力助孤泣一臂之力。

RICKY LEUNG

兜了一圈，原地做夢！感激孤泣賞識同時多謝工作室團隊，這團火燒到了我。創作人，路是難行但並不孤單。

阿祖

喜歡電影、漫畫、小說、創作，希望替孤泣塑造一個更立體的世界。

插畫部

13

不善於用文字去表達心情，但喜歡以圖畫畫出一片天空，這片天空是無限大，同時存在了無限個可能。多謝孤泣給我機會發揮我自己，而孤泣的小說，是我的優質食糧。

法律顧問

X律師

當孤泣問我如何殺人不坐監、未來人受不受法律約束時，我決定成為他的顧問，律師費請匯入我戶口，哈哈。

宣傳部

孤迷會

孤迷會 (Official)FB：

https://www.facebook.com/lwoavieclub

IG: LWOAVIECLUB

孤泣作品
LWOAVIE RAY COLLECTION
23

前度的羅生門

孤出版

lwoavie1

lwoavie

孤泣個人網址
ray.lwoavie.com

作者
孤泣

校對編輯
首喬

設計
孤泣

美術
joe@purebookdesign

出版
孤泣工作室有限公司
荃灣德士古道 212 號 W 212 2005 室

發行
一代匯集
九龍旺角塘尾道 64 號龍駒企業大廈
10 樓 B & D 室

承印
美雅印刷製本有限公司
九龍觀塘榮業街 6 號海濱工業大廈 4 樓 A 室

出版日期 / 2022 年 12 月
ISBN 978-988-75831-0-3
定價 / 港幣 $108